# 詩經의 사랑 노래

## - 婚姻篇 -

婚姻篇 혼인편

詩經의 사랑노래 <sub>시경</sub>

뚜안추잉段楚英 편
박 종 혁朴鍾赫 역

學古房

# 역자 서문

　이 책은 중국 뚜안추잉(段楚英) 교수의 《詩經中的情歌 시경의 사랑노래》
를 번역한 것이다. 그 내용은 사서삼경의 하나인 《시경》에서 애정시만을
선별하여 연애편, 혼인편, 가정편으로 크게 분류하고 각 시마다 시 번역,
시구 풀이, 작품 감상, 후대 문학비평가들의 평론을 담고 있다.

　《시경》은 중국 최초의 시가 총집으로서 모두 305편이 수록되었다.

　시기적으로는 지금으로부터 2천 5백년에서 3천년 이전인 B.C 11세기에
서 6세기에 이르는 시기, 즉 서주(西周)시대로부터 춘추(春秋)시대에 이르
기까지 대략 5,6백년간의 장기간에 걸쳐 창작된 작품이다.

　지역적으로는 중화문화의 발생지인 황하를 중심으로 장강, 한수 유역을
비롯하여 감수성, 섬서성, 산서성, 하북성, 하남성, 산동성, 안휘성, 호북성,
사천성에 이르는 광범위한 지역을 배경으로 하고 있다.

　이 시기 이 지역에서 유행했던 사랑의 노래는 당시 대륙에서 삶을 보냈던
남녀들의 연애와 혼인, 그리고 가정에서 얽힌 사랑의 상황을 생생하게
보여주고 있다. 그리고 이는 중국 서정시가의 근원으로서 후대 서정시가
발전의 전범이 되었다.

　이 책의 저자 뚜안추잉(段楚英) 교수는 305수의 《시경》 가운데 애정시로
판정한 79수를 선별하여 애정시 유형을 크게 연애, 혼인, 가정의 세 유형으로

나누었다. 그리고 다시 각 유형마다 9종류로 더 세분하여 총 27개의 범주로 애정시를 분류하였다. 그리고 각 시마다 시 번역, 시구 풀이, 작품 분석을 한 다음, 후대 문학비평가들의 평론을 소개하고 있다.

근엄한 유교 경전의 하나였던 《시경》을 경전보다는 시가적 측면에서 주목하고, 당시 중국대륙에서 유행했던 노래의 가사인 《시경》에서 사랑노래를 분석하여 27종으로 나누고 풀이한 안목은 선구적인 업적으로 평가받고 있다.

우리는 작자의 이 같은 노력 덕분으로 수천 년 이전의 중국 대륙에서 유행했던 사랑의 노래를 감상하면서 시대와 지역을 초월하는 영원한 문학의 주제가 사랑인 이유를 새삼 확인하게 된다. 그때나 지금이나, 대륙에서나 이 땅에서나 시공을 뛰어넘는 사랑의 환희와 고통을 공유하고 공감하면서 음미하노라면 사랑의 속성이 지니는 영원성과 보편성에 저절로 깊은 탄복이 우러나온다.

사랑의 유형을 27개로 구분할 수 있느냐는 논리적 물음에는 선뜻 대답이 어려울 수 있지만, 한편으로는 《시경》에 담긴 애정시의 풍부함을 방증하기도 하고, 《시경》을 세밀하게 분석하고 선별한 작자의 깊은 고뇌와 노력이 가늠되기도 한다.

본 역서도 원서의 편제에 따라 연애편, 혼인편, 가정편으로 분권하여 출간하기로 하였다.

출간에 앞서 미안하고 애석한 일은 저자와의 연락이 닿지 못했다는 점이다. 각고의 노력을 기울였던 저작이 한국에서 완역되었음에도 번역판에 붙이는 저자의 서문을 싣지 못한 채 출간되기 때문이다. 저자가 재임했던 학교와 원서를 간행했던 출판사에 여러 차례 연락을 했지만 수년전 정년퇴임한 저자의 근황을 알 수 없었다.

이 책을 번역하여 출간하게 된 경유를 간략히 언급하려고 한다. 역자가

담당하고 있는 중문과 4학년 강좌인 '시경초사강독'을 강의하면서 《시경》의 서정시를 통해서 수강생들이 중국고전에 흥미롭게 접근할 수 있다면 좋겠다는 생각을 품고 있던 차에 이 책을 접하게 되었다. 그리고 망설임 없이 이 책을 강의 교재로 사용하게 되었다. 몇 해 동안 강의면서 전공학생뿐 아니라 일반독자에게도 흥미로울 수 있는 시경의 사랑노래를 소개하는 것도 의미가 있을 것 같아 번역을 시작하게 되었다.

거친 초역을 마치고 몇 해가 지난 뒤, 연구기간으로 1년간 밖에 나가 있을 때 다시 초역을 다듬은 지도 몇 해가 지났다.

돌이켜보면 이 책은 번역의 착수에서 출간까지 꽤 긴 시간이 지나고 말았다. 그간의 과정에서 오랜 인내심으로 늘 중국학분야 출판의 버팀돌이 되면서 겪어야 했던 재정적인 어려움을 꿋꿋이 극복한 하운근 사장, 긴 편집과정의 책임을 도맡아 준 박은주 편집장이 고마울 뿐이다.

탈고를 하면서 보잘 것 없는 번역솜씨로 저자의 고뇌와 노력이 깃든 원서의 가치를 훼손시켰을까 저어된다.

그럼에도 수천 년 전 중국 대륙에서 창작되어 주고받았던 남녀 사이의 사랑과 이별의 노래에 담겨있는 기쁨과 슬픔의 정서가 오늘날 이 땅의 독자들에게 소통되고 공감될 수 있기를 바랄뿐이다.

2015년 6월
역자 박종혁

# 目 次

# 서(序)를 대신하여

사랑이 없었다면 인류는 존재하지 못했을 것이다. 유구한 사랑의 강에서 이성간의 사랑은 한 송이 찬란하고 아름다운 꽃이다. 옛날 부터 지금까지 사랑은 인간이 줄곧 추구했던 것이기에 문학·예술 작품의 영원한 소재가 되고 있다.

≪시경≫의 사랑 노래는 중국 애정문학의 시조다. 시경 시대는 중국 애정시의 황금시대였다.

≪시경≫에는 사랑의 노래가 특별히 많다. ≪시경≫의 3백여 수 가운데 거의 4분의 1을 차지한다. 내가 이러한 사랑의 노래들을 이 책에 정리하고자 한 목적은 오늘날 독자들로 하여금 먼 옛 시대의 애정의 풍모 즉, 옛 사람이 연애하던 시절의 애모(愛慕)의 정, 결혼시절의 환락(歡樂)의 정, 결혼한 이후의 은애(恩愛)의 정 및 애정이 좌절을 당하는 원한(怨恨)의 정, 부부가 이별하는 우상(憂傷)의 정, 이미 세상을 떠난 사랑하는 사람의 죽음에 대한 도념(悼念)의 정을 이해할 수 있도록 하는 것이다. 더욱 중요한 것은 이러한 사랑의 노래가 연애의 자유와 감정을 한결같이 반영하고, 중화민족의 건강한 애정관을 나타냈다는 점이다. 오늘날의 독자들은 이러한 시를 통해 풍부하고 유익한 계시를 받을 수 있을 것이다.

≪시경≫의 사랑 노래의 가치는, 옛 사람들이 사랑한 방식, 당시의 연애,

혼인의 풍속을 생동적으로 반영했을 뿐 아니라, 후세의 애정시 창작을 위한 부, 비, 흥 등의 예술적 기법을 제공한 점에 있다. 이러한 예술적 기법은 오늘날 애정문학의 창작에도 참고가 된다.

《시경》의 사랑 노래는 귀중한 문화유산이다. 우리는 마땅히 마르크스주의 과학적 이론을 지침으로 삼고 '옛 것의 장점을 취하여 오늘에 유용하게 활용한다'는 원칙을 좇아서 중국 사회주의 정신 문화를 확립하기 위해 힘써 《시경》의 정화를 발굴해야 할 것이다.

一.

《시경》은 중국 최초의 고대 시가 총집으로 모두 305편이다. 이러한 시가들은 시간적으로 말한다면, 서주(西周)로부터 춘추(春秋) 중엽까지 약 5~6백년의 긴 연대, 즉 기원전 11세기~6세기에 걸쳐 만들어졌다. 공간적으로는 《시경》이 주로 황하 유역을 배경으로 만들어졌지만, 멀리 장강, 한수 일대 즉 대략 지금의 감숙, 섬서, 산서, 하북, 하남, 산동, 안휘, 호북, 사천 등의 지역에 까지 미친다. 시경의 사랑 노래는 지금으로부터 2천 5백년~3천년 이전까지 이 지역의 연애, 혼인, 가정의 상황을 반영하고 있다.

# 1. 자유연애(自由戀愛)의 환상곡(幻想曲)

≪시경≫ 시대는 초기 봉건사회였다. 남녀가 연애와 혼인에서 어느 정도의 자유가 있고 특히 하층 사회에서는 남녀 사이에 연애와 혼인의 자유가 좀 더 많았다. 일정한 계절과 장소에서 젊은 남녀가 공개적으로 모여 스스로 애인을 찾았다. 당시 민간에서는 많은 이름의 명절 모임이 있었다. 예를 들면, 정(鄭)나라의 수계절(修禊節), 진(陳) 나라의 무풍무(巫風舞), 위(衛) 나라의 상림제(桑林祭) 등인데, 모두 청춘 남녀들이 모이는 좋은 기회였다.

〈진유 溱洧〉(정풍 鄭風)는 정나라 수계절의 풍속을 반영하고 있다. 매년 3월초가 되면 사람들은 진수와 유수의 강변에서 난을 캐어 불길함을 제거하면서, 동시에 봄나들이 하는 명절날로 삼기도 하였다. 청춘 남녀들은 서로 약속하고 강변에 이르러 맘껏 놀고 즐겼다. 모두들 이 좋은 기회를 이용하여 자신의 상대를 찾고 대담하게 애인과 대화를 나누었다.

| | | |
|---|---|---|
| 維士與女 | 유사여녀 | 남녀가 짝을 이루어 |
| 伊其將謔 | 이기장학 | 서로 농지거리하며 |
| 贈之以勺藥 | 증지이작약 | 작약을 선물하는구나 |

작약은 강리(江籬)라고도 하는데 장리(將離: 장차 이별함)와 중국어로 동음이다. 약(葯: 작약)과 약(約: 약속)도 동음이다. 작약을 줌으로써 이별할 때 다시 만날 약속을 정하여 친구로 사귀자는 것을 나타낸다.

한 쌍의 남녀가 민속 명절날에 서로 알게 된 이후로, 그들의 교제는 공개된 모임으로부터 숨고 가리는 밀회로 변하였다. 〈정녀 靜女〉(패풍 邶風)는 바로 한 쌍의 연인끼리 약속한 것을 묘사한 시다.

| | | |
|---|---|---|
| 靜女其姝 | 정녀기주 | 얌전한 아가씨 예쁘기도 한데 |
| 俟我於城隅 | 사아어성우 | 나를 성 모퉁이에서 기다린다 했지 |

| 愛而不見 | 애이불견 | 짐짓 숨어서 아니 보여 |
| 搔首踟蹰 | 소수지주 | 머리를 긁적이며 머뭇거리노라 |

숨어 있던 아가씨가 남자 친구의 초조하고 불안한 모습을 보고 있다. 이어지는 시구에서는 얼른 그의 앞으로 뛰어 나가자 금새 남녀가 함께 만난 분위기가 활기를 띤다. 소녀가 가져온 특별한 선물은 그녀의 남자친구를 더 기쁘게 한다.

≪시경 詩經≫ 시대, 남녀가 연애할 때의 나이는 상당히 어려서 감정의 발전 속도가 꽤 빨랐다. 짧은 연애단계를 거쳐 급속하게 정혼의 단계로 들어갔다. ≪시경≫의 사랑 노래 가운데 많은 시구에서 남녀가 서로 선물을 주면서 애정 관계를 확인하는 것을 묘사했다. 〈목과 木瓜〉(위풍 衛風)는 남녀가 선물을 주면서 애정을 확인하는 시이다.

| 投我以木瓜 | 투아이목과 | 나에게 모과를 던져 주기에 |
| 報之以瓊琚 | 보지이경거 | 패옥으로 답례했네 |
| 匪報也 | 비보야 | 답례가 아니라 |
| 永以爲好也 | 영이위호야 | 영원히 잘 지내고자 |

아가씨가 그녀의 사랑하는 남자에게 모과를 던져 주어 애정을 표시한다. 그 남자는 흔쾌히 받고나서 몸에 지닌 패옥을 풀어 그녀에게 준다. 아가씨가 던져 준 모과는 평범한 것이고, 남자가 답례한 것은 귀한 것이다. 이것은 무슨 까닭일까? 그 남자가 회답을 잘 한 것은 보답이 아니라 우리 두 사람이 영원히 잘 지내자는 것을 표시한다. 진정한 애정은 독촉하여 받아내는 것이 아니라 봉사하고 헌신하는 것이다. 아가씨가 나에게 한 개의 정을 주면 나는 그녀에게 반드시 천 개의 사랑을 주는 것이다.

자유 연애를 노래하는 애정시 가운데 어떤 시는 남녀가 한눈에 반하여

한 마음으로 맺어지는 정경을 묘사했다.

예를 들면 〈야유만초 野有蔓草〉 (정풍 鄭風)이다.

| | | |
|---|---|---|
| 有美一人 | 유미일인 | 아리따운 그 사람 |
| 淸揚婉兮 | 청양완혜 | 맑은 눈과 시원한 이마 |
| 邂逅相遇 | 해후상우 | 우연히 서로 만나니 |
| 適我願兮 | 적아원혜 | 내가 바라던 바로 그 사람 |

중춘 2월에 들판에서 한 남자가 우연히 한 여자를 만난다. 그녀는 초롱초롱한 눈을 가지고 있고 아름다웠다. 이 남자는 아가씨의 미모에 빠졌다. 그래서 대담하게 구애한다. 아가씨 역시 이 남자를 사랑한다. 쌍방이 의기투합하고 부부로 맺어진다.

≪시경≫ 시대 우연히 만나는 기회를 이용하여 짝을 구하는 것은 당시 청춘 남녀들의 공통된 요구였으며. 또한 주대(周代) 통치자가 시행한 관매제도(官媒制度: 관가에서 중매를 서는 제도)에도 부합된다. 이러한 유형의 제도적 규정으로 매년 봄 2월이 되면 미혼의 청춘 남녀는 자유롭게 짝을 고르고 자. 통치자가 시행한 이러한 제도의 목적은 인구를 증가시키기 위한 것이다.유롭게 동거한다 그러나 그것은 객관적으로 볼 때 청춘남녀의 연애와 결혼에 꽤 많은 자유를 안겨다 주었다.

## 2. 한결같은 애정의 희비극(喜悲劇)

≪시경≫ 시대의 청춘 남녀는 자유 연애를 추구하고 애정이 한결같기를 갈망했다. 비록 소수의 남녀가 행복한 애정의 단맛을 맛보지만, 다수의 남녀는 마침 형성된 봉건 예교의 간섭과 훼손으로 어쩔 수 없이 사랑이

가로막히는 쓴 열매를 삼킨다. 그래서 《시경》의 사랑 노래에는 적지 않게 '한결같은 애정'의 희비극이 출현한다.

　《시경》에서 한결같은 사랑을 노래한 시편에는 처음 연애하던 때부터 결혼한 이후까지의 사례가 적지 않다. 예를 들면 〈백주 柏舟〉(용풍 鄘風)가 있다. 이 시에서는 한 소녀가 '머리카락을 양쪽으로 가른' 소년에 대한 사랑을 묘사한다. 그러나 그녀의 사랑은 모친으로부터 이해를 구하지 못했고, 심지어 모친은 다른 사람에게 시집을 보내려고 한다. 가장의 압력에 직면한 이 소녀는 굴복하지 않고 의연하게 말한다.

| 髧彼兩髦 | 담피양모 | 머리카락을 양쪽으로 가른 님 |
| 實維我儀 | 실유아의 | 진실로 나의 짝이니 |
| 之死矢靡他 | 지사시미타 | 죽어도 변하지 않으리 |

　이 소녀는 한결같이 애정에만 집착하여 마치 세상에 한결같은 애정을 쪼갤 수 있는 날카로운 칼은 존재하지 않는 것 같다.

　《시경》에는 또 결혼 후 한결같은 애정을 반영한 시편이 있다. 예를 들면 〈출기동문 出其東門〉(정풍 鄭風)이다.

| 出其東門 | 출기동문 | 동쪽 성문을 나서니 |
| 有女如雲 | 유녀여운 | 예쁜 아가씨들 구름처럼 많네 |
| 雖則如雲 | 수즉여운 | 비록 구름처럼 많으나 |
| 匪我思存 | 비아사존 | 내 마음속의 여인은 아니어라 |

　그의 마음속의 사람은 누구인가? 바로 집에서 일하며 소박한 옷을 입고 있는 아내다. 많은 미녀들 앞에서도 그는 시련을 견딜 수 있기에, 결코 새 것이 좋다고 옛 것을 싫어하거나 색다른 것을 본다고 그것에 마음이 쏠리지 않는다. 이것은 참으로 사랑이 깊고 진지하다고 말할 수 있다.

아마도 세상에서 이 부부의 애정을 가를 수 있는 날카로운 칼은 없을 듯
하다.

≪시경≫의 어떤 애정시에서는 부부가 '백발이 될 때까지 함께 늙어' 삶과
죽음으로도 갈라놓을 수 없는 감정을 표현했다. 예를 들면 〈갈생 葛生〉(당풍
唐風)은 슬프고 처량한 도망시(悼亡詩: 죽은 이를 슬퍼하는 시)다. 어떤
부녀자는 남편의 죽음 뒤에도 여전히 어느 때이고 남편이 생각나지 않은
적이 없었다. 그녀는 죽은 남편의 유물을 보고 마음속에 끝없는 슬픔이
일어난다.

| 冬之夜 | 동지야 | 겨울의 춥고 긴 밤 |
|---|---|---|
| 夏之日 | 하지일 | 여름의 덥고 긴 해 |
| 百歲之後 | 백세지후 | 백년이 지난 뒤엔 |
| 歸于其室 | 귀우기실 | 그의 무덤으로 돌아가겠지 |

이 부녀자의 남편을 잃은 슬픔은 겨울의 긴 밤부터 여름의 긴 낮까지
일년 내내 그침이 없다. 그녀는 단지 죽어서 남편과 황천 아래에서 함께
잠들기를 바랄뿐이다. 변함없이 곧은 지조를 다하는 사랑과 슬프고 아픈
마음이 구슬프고 은은하게 사람을 감동시킨다.

≪시경≫에서 뛰어나게 아름다운 숱한 사랑 노래는 한결같은 사랑을 찬미
하고 자유연애의 추구를 표현하여 자유와 한결같음을 긴밀하게 하나로
통일시켰다. 행복한 애정은 진지함, 충실함, 한결같음을 벗어나지 않는다.
만약 벗어난다면 남녀지간의 관계는 필연코 얄팍한 사랑이나 저속함으로
흐르고 심지어 남녀지간의 방탕한 행위로 변한다. 아름다운 애정은 반드시
자유연애를 기초로 한다. 왜냐하면 애정은 두 사람의 친밀한 영혼의 조화와
묵계이지, 완고한 강박과 억지의 결합이 아니기 때문이다. 만약 자유연애라
는 기초를 떠나 단편적으로 혼인에서만 한결같기를 강조한다면 반드시

'한 남편만을 섬기며 일생을 마치는' 봉건적인 정조 관념에 빠진다. ≪시경≫의 사랑 노래는 자유연애의 추구와 한결같은 사랑의 찬미를 고도로 통일시켜 중화민족의 고상한 애정관을 충분히 표현하고 있다.

## 3. 다정한 남녀들의 저항과 투쟁

≪시경≫ 시대, 봉건 예교가 점점 하나의 제도로 형성되어 남녀간 자유연애와 한결같은 애정은 제한과 훼손을 당한다. 통치자는 제정된 예교 제도를 수단으로 삼아 사람들의 결혼을 통제한다. 예를 들면 ≪주례·매씨 周禮·媒氏≫에서는 사람들의 배우자 문제에 어떻게 관여했는지를 전문적으로 말해 준다. 남녀의 결합은 반드시 '중매인의 말, 媒妁之言(매작지언)'과 '부모의 명령, 父母之命(부모지명)'을 거쳐야 하고, 또 그 구체적인 혼인형식은 육례(六禮)로 규정하였다.

1. 납채(納彩): 남자 집에서 여자 집으로 사람을 보내 선물을 전한다. 이는 여자 집과 혼인을 원한다는 것을 표시하는데, 여자 측에서 받지 않으면 더 이상 진행하지 못한다.

2. 문명(問名): 남자 집에서 여자 집으로 사람을 보내 생년월일과 이름을 묻는다.

3. 산명(算命): 만약 점을 보아 불길하게 나오면 혼인을 중지하고 다른 집을 고른다.

4. 송례(送禮): 만약 모든 것이 길하고 이롭게 나오면 남자 집에서 사람을 통해 돈과 물건을 보내어 약혼의 예를 치른다. 약혼은 여기서 정식으로 이루어진다.

5. 정혼(定婚): 남자 집에서 결혼 길일을 정하면 예물을 준비하여 편지와 함께 여자 집에 보내어 통보한다. 만약 여자 측에서 이 예를 받아들이면 응답하는 것이고, 받지 않으면 다시 날짜를 바꿔야 한다.

6. 영친(迎親): 결혼식 날 신랑은 신부를 맞으러 가서 먼저 신부 집의 조상에게 절을 하고 신부를 부축하여 수레에 오른 다음 자신의 집으로 돌아온다. 영친 이후에야 비로소 '함께 자고 먹고, 함께 마시고 기뻐할 수 있는 것'이다.

≪시경≫ 시대의 혼례는 비록 이처럼 완비되거나 엄격한 수준에 아직 도달하지는 않았지만, 봉건시대의 혼인제도의 기초는 이미 형성되었다. 그것은 소년, 소녀의 자유연애와 자주 혼인의 권리를 빼앗아 애인끼리 함께 살지 못하고 정이 없는 사람끼리 결합을 강요당하는 혼인의 비극을 조성했다. ≪시경≫에서 많은 사랑 노래가 청춘남녀가 받는 연애의 장벽과 혼인의 부당한 고통·분노를 묘사했다.

〈장중자 將仲子〉(정풍 鄭風)에서는 여자 주인공이 중자(仲子)라는 소년을 깊이 사랑한다. 그러나 그들의 사랑은 부모의 동의를 얻지 못하고 단지 남몰래 서로 사랑하였다. 당시 소년이 담을 넘어 소녀와 밀회할 때 소녀는 매우 두려워하여 중자에게 다시 오지 말라고 부탁하며 이렇게 말한다.

| 仲可懷也 | 중가회야 | 중자님 그립기는 하지만 |
| 父母之言 | 부모지언 | 부모님 말씀이 |
| 亦可畏也 | 역가외야 | 역시 두려울 뿐이예요 |

소녀는 비록 마음속으로 중자를 사랑하지만 밀회를 어쩔 수 없이 거절한다. 사사로운 애정이 폭로되면 부모의 힐책과 이웃의 비난을 초래하여 뒤따르게 될 결과를 상상조차 할 수 없다. 이 시는 남녀간의 자유 연애가

봉건 예교의 제한을 받는 사회 정황을 반영한다.

〈대거 大車〉(왕풍 王風)에서는 청춘 남녀가 자주적으로 결혼하지 못하는 고통을 반영한다. 시의 주인공은 한 남자를 사랑한 나머지 그가 아니면 결혼할 수 없는 지경에 도달한다. 그들의 결합이 극심한 방해를 받게 되자 처녀는 남자와 함께 사랑의 도피를 하여 함께 살기를 바란다. 그러나 유감스럽게도 남자가 감히 도망치지 못하여 애정의 비극이 발생한다. 처녀가 말한다.

| 穀則異室 | 곡즉이실 | 살아서는 서로 다른 집에 있지만 |
| 死則同穴 | 사즉동혈 | 죽어서는 한 무덤에 묻히리라 |
| 謂予不信 | 위여불신 | 그대 내 말 믿지 못한다면 |
| 有如皦日 | 유여교일 | 하늘의 밝은 해를 두고 맹세하리 |

아가씨는 그녀의 연인에게 하늘을 두고 맹세하고 있다. 사랑의 한결같음을 위해 끝까지 맞서 나갈 것을 결심한다. 〈장중자 將中子〉의 아가씨와 비교해 볼 때, 성격이 더욱 강건하다.

사실 한 쌍의 연인들이 성공적으로 사랑의 도피를 하고 자주적으로 결혼하여 가족을 이룬다고 해도 꼭 행복을 얻을 수 있는 것은 아니다. 그들은 결국 봉건 예교에 의해 비참히 헤어지게 된다.

〈구역 九罭〉(빈풍 豳風)은 이러한 혼인의 비극을 반영하고 있다. 이 시에서 여주인공은 마침 다행스럽게 마음에 맞는 남자에게 스스로 시집을 갔지만 뜻밖에 비극이 발생하였다. 남자가 그녀를 버려두고 돌보지 않은 것이다. 이것은 어찌 된 일인가? 알고 보니 그들은 부모를 저버리고 사사로이 동거했다. 그러나 현재는 부모의 압력에 굴복하여 남편이 어쩔 수 없이 신혼의 아내를 버리고 말았다. 이것은 청천벽력과도 같아서 여주인공으로 하여금 매우 당황스럽고 어찌할 줄 모르게 하였다. 그녀는 단지 고통스러워 남편에게 애원하게 된다.

> **是以有衮衣兮**　시이유곤의혜　그래서 님의 곤룡포를 감추었으니
> **無以我公歸兮**　무이아공귀혜　내 님이 돌아가지 못하시어
> **無使我心悲兮**　무사아심비혜　내 마음 슬프게 하지 말았으면

그녀는 억지로라도 남편을 머무르게 하기 위해서 남편의 옷을 숨겨 떠나가지 못하게 한다. 그러나 사물을 남겨 둔다고 해서 마음까지 붙들기는 어려운 법이다.

연애의 자유와 애정의 한결같음을 쟁취하기 위해 많은 젊은 남녀는 봉건 예교에 대항하여 여러 가지 방법으로 맞서 싸우다가 크나큰 대가를 치르기도 했다.

## 4. 부부가 헤어진 후 그리워 흘린 눈물

≪시경 詩經≫ 시대에는 불행한 가정마다 여러 가지의 불행한 일들이 있었다. 어떤 가정은 봉건 예교에 의해 파괴되지는 않았어도, 병역과 부역 때문에 커다란 고난을 당하게 된다. '춘추 시대에 정의로운 전쟁은 없었다 春秋無義戰(춘추무의전)' 당시에는 각 나라가 서로 침략하여 병탄하였다. 강자가 약자를 능멸하고, 다수가 소수를 폭압하여 전쟁이 빈번하였다. 전방의 병사들은 생사를 넘나들며 아내와 집을 그리워했다. 후방의 근심에 잠긴 부녀자들은 먼 곳의 남편을 생각하면서 걱정하고 마음을 졸였다. 〈격고 擊鼓〉(패풍 邶風)는 오랫동안 변방에서 전쟁하던 한 병사가 아내를 그리워하는 정을 표현하고 있다. 그가 일찍이 집을 떠날 때 아내의 손을 잡고 그녀와 백발이 되어 늙을 때까지 함께 하겠다고 맹세했고,

그녀를 영원히 포기하지 않기로 했다. 그러나 지금 그는 자신이 살아서 돌아갈 희망이 없음을 예감하고, 아내와 헤어진 것이 영원한 이별이 되리라 생각되니 침통한 장탄식을 금할 수 없다.

| | | |
|---|---|---|
| 于嗟闊兮 | 우차활혜 | 아아 끝없이 멀리 떨어져 있으니 |
| 不我活兮 | 불아활혜 | 우리는 다시 만나 살 수 없구나 |
| 于嗟洵兮 | 우차순혜 | 아아 영원히 헤어질 곳에 있으니 |
| 不我信兮 | 불아신혜 | 우리의 언약을 지킬 길이 없구나 |

이 병사는 멀리 고향 땅을 바라보며, 부부가 같이 살지 못함을 한탄한다. 백발이 되어 늙을 때까지 함께 한다는 맹세는 실현될 방법이 없다.

춘추시대 전쟁은 대다수가 정의롭지 못했다. 그래서 전쟁에 출정한 남편과 사모하는 아내가 이별하여 서로의 그리움을 반영한 많은 시편들에서 모두 강렬한 반전 정서를 표현했다. 그러나 춘추시대에도 정의로운 전쟁은 있었다. 당시 주(周) 나라 민족은 종종 사이(四夷) 민족의 침략을 받았다. 외세의 침략에 저항한 전쟁도 때때로 발생하였다. ≪시경≫의 사랑 노래에서 정의로운 전쟁에 대한 영웅주의의 태도에 호응하는 표현도 있다. 〈백혜 伯兮〉(위풍 衛風)를 예로 든다.

| | | |
|---|---|---|
| 伯兮朅兮 | 백혜흘혜 | 내 님은 위풍당당 |
| 邦之桀兮 | 방지걸혜 | 나라의 영웅호걸 |
| 伯也執殳 | 백야집수 | 내 님이 긴 창을 쥐고 |
| 爲王前驅 | 위왕전구 | 임금의 선봉장이 되었네 |

그리움으로 가득 찬 아내는 남편의 영웅적 기개와 종군의 장엄함에 대한 긍지와 자부심이 적지 않다. 그러나 긍지와 자부심 뒤에는 남편을 생각하는 정이 뭉게뭉게 일어난다. 남편이 떠난 이후 그녀의 머리는 봉두난

발이 되었다. 남편이 집에 없으니 얼굴을 꾸며 누구에게 보이겠는가? 그녀는 머리가 아플 정도로 남편을 생각했는데도 여전히 생각이 나는 것이다. 그녀는 또 망우초라는 풀이 고통을 덜어준다는 얘기를 들었으나, 어디에서 그것을 구할지 알지 못했다. 그래서 어쩔 수 없이 뼈를 깎는 듯한 그리움에 자신을 맡겨 자기를 학대하고 있다. 이 애정시는 나라를 사랑하는 한 부녀자 가 노래한 사부곡(思夫曲)이라 할만하다.

춘추시대에는 잔혹한 병역 이외에도 번잡한 부역이 수많은 가정의 행복을 파괴했다. 남편은 밖에서 끊임없이 노역의 고통을 당하고, 아내는 집에서 끝없이 그리움의 눈물을 흘렸다.

〈군자우역 君子于役〉(왕풍 王風)의 주인공은 농촌의 부녀자다. 그녀의 남편은 밖으로 부역을 나가 오랜 시간 돌아오지 않는다. 매일 황혼녘이 되면 그녀는 아주 절실하게 남편을 그리워하여 항상 문에 기대어 먼 곳을 바라보며 남편이 돌아오길 기다렸다. 그러나 매번 닭이 닭장에 들고, 소와 양이 우리에 돌아오는 것을 기다리게 될 뿐이다. 그녀는 밖으로 부역 나간 남편이 언제 돌아올지 모른다. 마음으로는 그가 밖에서 굶주리지 않고, 빠른 시일 내에 평안히 돌아오기를 축원한다.

이 농촌 부녀자의 바람은 실현될 수 있을까? 여러분은 보지 못했는가? 번잡하고 무거운 부역이 무수한 "맹강녀가 너무 많이 울어 만리장성이 무너졌다"는 고사의 비극을 만들어내고, [맹강녀(孟姜女): 진시황 때 제(齊) 나라 사람. 범양기(范梁杞)의 아내. 그의 남편이 만리장성으로 사역을 나간 후 죽었다는 것을 알고서 너무 애통하게 우는 바람에 장성이 무너졌다는 비극적인 전설의 여주인공: 역자쥐 부역을 나간 많은 남편들은 황야에서 시체로 버려지며, 남편을 생각하는 많은 부녀자들은 눈물이 마를 때까지 흘렸음을.

## 5. 고대의 버림 받은 아내의 회한

옛 시대의 부녀자들은 어떠한 커다란 기대도 없었던 것 같다. 그녀들의 유일한 희망은 믿을만한 남편에게 시집가서 화목한 가정을 이루고 평화로운 생활을 보내는 것이다. 그러나 이러한 기본적인 요구조차도 실현되기는 매우 어려웠다. 많은 여성들이 결혼 후에 남편의 버림을 받아 '버림받은 아내 棄婦(기부)'가 되었다. 〈곡풍 谷風〉(패풍 邶風)과 〈맹 氓〉(위풍 衛風)은 시경 중에서 가장 널리 알려진 '버림 받은 아내'에 관한 시다. 버림 받은 두 아내의 운명은 매우 비슷해서 우리들이 비교 분석하는 것도 무방할 것이다.

첫째, 부부지간에는 일정한 감정의 기반이 있다.

〈맹 氓〉 시에서 버림 받은 아내와 그의 남편은 결혼 전 관계가 친밀하여 그들 두 사람은 같이 허물없이 어울리며 지내는 즐거운 어린 시절을 보냈다. 성장한 이후에는 자유로운 연애를 통해 부부가 되었다. 그 둘의 결합은 스스로 느끼고 스스로 원한 것이다. 어떠한 간섭과 강요도 받지 않았다. 결혼 후 3년 동안은 부부간의 감정이 계속 좋았으나, 4년 째 부터는 급격히 변하였다. 이 남녀의 결혼에는 감정의 기반이 있다고 말할 수 있다.

〈곡풍 谷風〉 시의 버림 받은 아내도 이와 같다. 그녀가 버림받았을 때 남편에게 말했다.

**不念昔者**  불념석자  지난 날 생각하지 않네
**伊余來墍**  이여래기  오직 날 사랑한다더니

둘째, 남편은 일찍이 영원한 사랑을 굳게 맹세하였다.

〈곡풍 谷風〉에서 버림 받은 아내는 결혼 후, 부부가 서로 사랑하는 생활을 했고, 그녀는 남편이 자기의 언약을 잊지 않도록 일깨워 주었다.

| 德音莫違 | 덕음막위 | 그 달콤했던 약속 어기지 않는다면 |
| 及爾同死 | 급이동사 | 당신과 죽음까지 같이할 텐데 |

〈맹 氓〉에서 버림 받은 아내는 소꿉장난하던 어린 시절의 즐거움과 결혼 후 부부간의 애정에 대한 기억이 아직도 새롭고, 남편이 자신에게 상냥하고 친절하며, '당신과 더불어 늙을 때가지 함께, 급이해로 及爾偕老' 한다는 언약을 드러낸다.

〈곡풍 谷風〉과 〈맹 氓〉 시에서 일찍이 굳은 언약을 했던 남편들은 나중에 모두 얼굴을 바꾸어, 결혼을 인정하지 않고 아내를 버렸다. 그들이 한 처음의 언약은 모두 거짓말이란 말인가? 아마 그렇지 않을 것이다. 남녀 두 사람의 감정이 서로 좋은 단계에 있을 때 "백발이 되어 늙을 때까지"라는 것은 양 쪽 모두의 공통된 바람이기 때문이다. 적어도 당시 남자의 언약이 가정과 화목에 대한 위협이 될 수 없고, 가정이 분열될 원인은 더욱 아니다.

셋째, 아내는 알뜰하게 집안 살림을 꾸렸고 행실에서 어떤 잘못도 없다.

〈맹 氓〉 시의 버림 받은 아내는 시집간 이후에 어려움과 힘든 노동을 참고 견디며, 온 힘을 다하여 가사를 돌보았다.

| 三歲爲婦 | 삼세위부 | 삼 년 동안이나 아내로서 |
| 靡室勞矣 | 미실로의 | 집안 일 도맡으며 수고롭다 하지 않았네 |
| 夙興夜寐 | 숙흥야매 | 일찍 일어나고 늦게 잠들어서 |
| 靡有朝矣 | 미유조의 | 어느 하루 아침이고 여유가 없었네 |

〈곡풍 谷風〉의 버림 받은 아내는 결혼한 이후에 품행이 단정하고 최선을 다해 집안 일을 돌보았다. 그녀는 남편에게 일편단심으로 대하였다. 희망이 없음을 분명히 알면서도 차마 남편과 헤어지는 것에 동의하지 못한다. 심지어 남편이 떠나가는데도 배회하고 주저한다. 중국 고대의 부녀자들은

육체 노동을 하면서 '현모양처'의 미덕을 갖추었다. 부부가 헤어지게 된 책임은 당연히 그녀들에게 있지 않았다.

넷째, 남편이 새로운 것을 좋아하고 오래된 것을 싫어하여 아내와 그만두고 다시 장가를 드는 것이다.

봉건사회에서 남권이 중심이 되고 여자의 지위가 낮아서 불합리한 혼인제도가 만들어졌다. 어떤 남자들은 봉건 법률의 보호아래 왕왕 여자가 자신에게만 한결같기를 바라면서도, 그들은 오히려 다른 여성을 유혹하며, 아내와 그만두고 다시 장가든다.

〈맹 氓〉에서 여주인공은, 남편이 '처음에 사랑하였으나 나중에 버린' 희생물이다.

| 總角之宴 | 총각지연 | 처녀 총각 즐거운 시절에는 |
| 言笑晏晏 | 언소안안 | 다정하게 웃고 얘기했었지 |
| 信誓旦旦 | 신서단단 | 굳은 맹세 아직도 간곡한데 |
| 不思其反 | 불사기반 | 이렇게 딴판이 될 줄 생각도 못했네 |

〈곡풍 谷風〉의 여주인공 역시 남편에 의해 '처음엔 사랑 받았으나 나중엔 버림받는' 운명에 마주친다. 생각해보니 처음에는 남편이 그렇게 그녀를 사랑했다. 그러나 그녀의 용모가 점차 늙어가자, 남편은 '나를 좋아하지 않을 뿐만 아니라, 오히려 나를 원수처럼 대하게' 되었다.

고대의 부녀자들은 종종 좋은 남편에게 시집가기가 쉽지 않음을 한탄하는데, 정말 '열 명중의 아홉 명은 후회한다.' 왜 남자는 애정에 있어서 시종일관할 수 없을까? 왜 여자는 사랑하는 사람에게 시집갔어도 백발이 되어 늙을 때까지 함께 할 수 없는가? 그 원인을 단순히 남자의 인품 때문이라고 귀결지을 수는 없을 것 같다. 오히려 더욱 심각한 사회 경제적 근원에 그 원인이 있다.

다섯째, 가정 생활이 빈궁했다가 부유하게 바뀌고, 부부의 감정이 진했다가 점점 엷어졌다.

〈곡풍 谷風〉의 여주인공이 처음 결혼했을 때 남편은 매우 가난했다. 그녀는 고생하며 남편을 도와 생계를 운영하고, 가정 형편을 점점 좋아지게 했다. 그러나 가정이 부유해진 이후에 남편이 은혜를 원수로 갚을 것이라고 그녀는 도저히 생각하지 못했다. 그녀가 말했다

| 昔育恐育鞠 | 석육공육국 | 이전에 살림이 너무도 곤궁하여 |
|---|---|---|
| 及爾顚覆 | 급이전복 | 당신과 고생하며 힘들게 보냈지 |
| 旣生旣育 | 기생기육 | 이렇게 살만하고 좋아지자 |
| 比予于毒 | 비여우독 | 나를 독충으로 취급하는구려 |

〈맹 氓〉의 여주인공 역시 이러한 운명이다. 갓 결혼했을 때, 가정은 매우 어려웠다. 그녀는 부지런히 일하며, 남편을 도와 가정 생활을 개선하였다. 그러나 뜻밖에도 '가정 형편이 좋아지자 나에게 얼굴빛을 바꿔 흉악하게 대했다. 언기수의 지우폭의 '言旣遂矣 至于暴矣' 남편은 그녀를 때리고 욕하며, 심한 노동을 시키고, 학대하였으며, 나중에는 그녀를 집에서 쫓아낸다. 그녀는 떠날 때, 무정한 남편이 멀리 배웅하지 않더라도 겨우 문 앞까지만이라도 나와 줄 것이라고 생각했다. 사람들은 모두 씀바귀가 쓰다고 말한다. 그러나 그녀는 씀바귀보다 더 쓴 맛을 보았다.

고대 부녀자들은 경제적으로 독립할 수 없고 자주적이지도 못하며 어떠한 지위도 없었다. 이것은 그녀들이 결혼 후 불행하게 되는 주요한 근원이다. 그녀들은 부지런히 일하여 가정 생활을 개선하지만, 오히려 남편으로 하여금 더 부유한 상황 아래에서 따로 새로운 정부(情婦)를 사귀게 되는 조건을 만들어 준 꼴이었다. 〈곡풍 谷風〉과 〈맹 氓〉은 버려진 여인의 시로서

고대 부녀자가 결혼의 비극을 맞게되는 경제상의 근본적인 문제를 상당히 심각하게 반영하고 있다. 경제적 지위를 떠나서는 부녀자의 결혼은 보장될 수 없었다.

二.

≪시경≫의 애정시는 ≪시경≫에서 뗄 수 없는 구성요소로서, 다른 시가와 똑같은 유형의 예술적인 특색을 지닌다. 그러나 애정의 내용을 표현하는 데 있어서는 여타 시가의 유형과 다 같을 수는 없는 예술적인 풍모를 가진다.
　여기서는 ≪시경≫의 애정시에서 자주 쓰인 일련의 예술적 기교를 아래와 같이 소개한다.

## 1. 비(比)의 예술

≪시경≫의 '비 比'에 관해서, 주희(朱熹)는 "비는 저 사물로 이 사물을 비유하는 것 比者, 以彼物比此物也"이라고 해석하였다. 이는 곧 '비 比'를 비유하는 것이라고 일컬은 것이다. ≪시경≫의 비 比는 두 가지 형식이 있는데, 하나는 비유체의 시다. 시 전체가 "저 사물로 이 사물을 비유하는" 것이다. 이러한 시는 아주 적은 편이다. 다른 하나는 수사의 용법으로 비유하는 것이다. 이것은 또한 명유(明喻: 직유, 암유(暗喻: 은유, 차유(借喻: 풍유)의 세 가지가 있다.

## (1) 명유[明喩: 직유]

비유의 구성은 본체(本體), 비유사(比喩詞), 유체(喩體) 세 가지다. 명유는 그 본체, 비유사, 유체, 이 세 가지의 빈틈없는 비유를 가리킨다. 예를 들어, 〈간혜 簡兮≫(패풍 邶風)에서는 어느 아가씨가 마침 춤을 추고 있는 무용수에 대한 사랑을 묘사한다.

| | | |
|---|---|---|
| **碩人俁俁** | 석인우우 | 키 크고 신체 좋은 사람 |
| **公庭萬舞** | 공정만무 | 궁궐 뜰에서 무인 춤을 추는구나 |
| **有力如虎** | 유력여호 | 범 같은 힘을 지니고 |
| **執轡如組** | 집비여조 | 고삐 쥐기를 실끈 잡듯이 하네 |

여기서는 두 개의 직유를 사용하였다. 특히 '유력여호 有力如虎'와 같은 직유는, 남자 무용수의 강건한 아름다움을 표현한 것이다. 바로 이러한 아름다움이 아가씨의 연모의 정을 자극하는 것이다.

또 예를 들자면 〈야유사균 野有死麕〉(소남 召南) 에서는 어느 사냥꾼이 숲 속에서 사냥할 때를 묘사하는데 돌연히 '아름다운 옥같은 아가씨, 유녀여옥 有女如玉'의 시구를 발견하게 된다. 여기에서 아름다운 옥의 순결하고 부드러운 속성을 이용해서 아가씨의 용모가 아름답고 성격이 온유함을 비유하였다. 이러한 부드러운 여성의 아름다움이 사냥꾼으로 하여금 한눈에 사랑으로 빠지게 한다.

## (2) 암유[暗喩: 은유]

'암유 暗喩'는 곧 은유(隱喩)라고도 한다. 그것은 비유의 흔적을 드러내지 않고, 본체와 유체가 동시에 나타난다. 예를 들어 〈맹 氓〉(위풍 衛風)에서는 버림받은 아내가 현재의 상황을 얘기하는 방식으로 아직 결혼하지 않은 여자에게 자신의 비참한 고통의 교훈을 하소연하고 있다.

| 于嗟鳩兮 | 우차구혜 | 아 비둘기들이여 |
| 無食桑葚 | 무식상심 | 오디를 쪼아 먹지 마라 |
| 于嗟女兮 | 우차녀혜 | 아  젊은 여자들이여 |
| 無與士耽 | 무여사탐 | 사내들에게 빠져들지 마라 |

　버림받은 여자를 뽕나무 열매를 먹는 비둘기로 비유했다. 비둘기가 오디를 먹다가 취한 나머지 사람들이 설치해 놓은 그물에 걸려드는 구체적인 현상을 가지고, 젊은 여자들이 남자의 달콤한 말을 믿고 사랑의 그물에 떨어지는 추상적인 이치를 비유하기 위한 것이다. 앞의 두 구는 유체이고 뒤의 두 구가 본체의 형식을 이루고 있어서 어떤 사람들은 '대유(對喩)'라고도 하는데, 사실은 은유다.

## (3) 차유[借喩: 풍유]

　차유는 은유보다 더 진일보 된 비유로써, 그것은 직접 유체로 본체를 대신하여 본체와 비유사가 모두 나타나지 않는다. 예를 들면 〈곡풍 谷風〉(패풍 邶風)에서, 여주인공은 남편으로 하여금 그녀를 버리지 말아달라고 남편에게 완곡하게 말한다.

| 采葑采菲 | 채봉채비 | 순무 뽑고 고구마 캤는데 |
| 無以下體 | 무이하체 | 뿌리라서 안된다네 |
| 德音莫違 | 덕음막위 | 그 달콤했던 약속 어기지 않는다면 |
| 及爾同死 | 급이동사 | 당신과 죽음까지 같이할텐데 |

　여기서 '채봉채비 무이하체 采葑采菲, 無以下體'는 바로 차유다. '비 菲는 무우인데, 무우의 잎은 비록 먹을 수 있지만 무우 몸체가 더 중요한

부분이다. 시의 여주인공은 잎으로써 사람의 외모를 비유했고, 무우로써 인품을 비유했다. 그녀가 남편에게 아내의 용모가 시들었다고 해서 그녀의 인품조차 무시하여 버리지 말라고 당부한다. 그리고 남편에게 그날의 맹세를 잊지 말라고 깨우쳐 준다.

비유 이외에도 비의(比擬: 비유사)의 묘사법은 ≪시경≫의 사랑 노래 중에서도 비교적 많이 쓰였다. 소위 비의는 바로 사물로써 사람을 비교하고 사람으로써 사물을 비교하고, 사물로써 사물을 비교하는 것이다.


## 2. 흥(興)의 예술

주희가 말했다. "흥이란 먼저 다른 사물을 언급하여 읊조리고자 하는 말을 이끌어내는 것이다. 興者, 先言他物以引起所咏之辭也" '흥'은 또 '기흥起興'이라고도 하며, 종종 시의 시작 부분에 있는데, 바로 주희가 말한 "먼저 다른 사물을 언급한다"고 한 부분이다. 흥구와 읊조리고자 하는 말과의 관계는 아래의 두 가지 종류가 있다.

첫째 유형은 '불취기의(不取其義: 그 의미를 취하지 않는다)'의 기흥 방법이다.

흥구는 단지 실마리로써 감정을 일으키는 작용만 있으며, 그것과 그 아래 시문은 의미상 직접적인 관련이 없다. 예들 든다.


〈은기뢰 殷其雷〉[소남 召南]

| 殷其雷 | 은기뢰 | 우르릉 천둥소리 |
| 在南山之陽 | 재남산지양 | 남산의 남쪽에서 울리는데 |
| 何斯違斯 | 하사위사 | 어이해 그이는 이곳을 떠나 |
| 莫敢或遑 | 막감혹황 | 휴가조차 감히 못내는가 |

어떤 아내가 산 남쪽에서 그치지 않고 울리는 천둥소리를 듣고서 속으로 매우 두려워한다. 그녀는 외지로 부역을 나가 있는 남편을 생각하고, 남편이 그 시간 그 시각에 집에 없는 것을 원망한다. 처음 두 구 '은기뢰 재남산지양 殷其雷 在南山之陽'은 흥(興) 구로서, 천둥소리는 남편을 생각하는 부녀자의 마음을 이끌어 내지만, 천둥소리와 부녀자의 생각에 있어서 양자 간의 의미상의 관계는 없다.

둘째 유형은 반드시 비유작용을 하는 기흥(起興) 방법이다.

흥구의 형상은 '읊조리고자 하는 말', 즉 '소영지사 所咏之辭'와 의미상으로 유사한 어떤 특징이 있어서, 비유의 관계를 이루고 있다. 이것은 실제로 흥이면서 비이므로 '흥이비 興而比'의 용법이다. 예를 든다.

### 〈관저 關雎〉[주남 周南]

| 關關雎鳩 | 관관저구 | 관관 지저귀는 징경이는 |
| 在河之洲 | 재하지주 | 황하의 모래톱에 있고요 |
| 窈窕淑女 | 요조숙녀 | 품성 좋고 아름다운 숙녀 |
| 君子好逑 | 군자호구 | 군자의 좋은 배필이지요 |

'관관저구, 재하지주 關關雎鳩, 在河之洲'는 시인의 눈앞에 펼쳐진 실재의 경물로써 정을 일으키는 발단이 되었다. 징경이 숫새와 암새의 짝을 찾는 소리를 듣고, 마음에 둔 사람에 대한 시인의 생각을 불러 일으켰다. 게다가 물새가 관관 울며 화답하는 것은 남녀가 짝을 찾는 것에 비유할 수 있으므로 이는 곧 다음 구의 '요조숙녀, 군자호구 窈窕淑女, 君子好逑'와 의미상으로 연관되어 흥구는 다음 구와 비유관계를 이루고 있다.

이처럼 비유의 작용이 있으면서 흥을 일으키는 것은 ≪시경≫의 애정시에서 가장 보편적이다. 예를 든다.

〈도요 桃夭〉[주남 周南]

| 桃之夭夭 | 도지요요 | 복숭아나무 하늘하늘한 가지에 |
| 灼灼其華 | 작작기화 | 고운 분홍 꽃 활짝 터뜨렸네 |
| 之子于歸 | 지자우귀 | 그 색시 시집가서 |
| 宜其室家 | 의기실가 | 그 집안을 화목케 하리라 |

　시인이 활짝 핀 복숭화 꽃을 통해 어떤 아가씨가 시집을 가려고 하는 것을 연상하였으므로 이는 원래 흥구다. 그러나 흥구의 복숭화 꽃이 또 다음 시구에 묘사한 아가씨와 비유관계를 형성하여 그녀도 마치 복숭화 꽃 처럼 곱고 아름다운 것 같다. 그러므로 이것도 일종의 '흥이비 興而比'의 용법이다.


## 3. 부(賦)의 예술

　주희가 말했다. "부(賦)는 어떤 일을 펼쳐서 직설적으로 말하는 것이다. 賦者, 賦陳其事而直言之者也" 바꾸어 말하면 부(賦)는 서술이고 묘사이며 서정이므로 그것은 애정시에서 상용하는 표현 수법이다. ≪시경≫의 애정시 에서 부의 형식은 다양하다.

　첫 번째 유형은 시 전체가 부체(賦體)를 사용한 것이다.

　〈여왈계명 女曰鷄鳴〉(진풍 秦風)은 대화형식을 채용한 부체다. 이 시는 흥, 비가 없이 완전한 부체의 수법으로써 한 쌍의 수렵하는 부부가 서로 경애하며 행복하게 생활하는 것을 묘사하였다.

　≪시경≫의 애정시에서 이처럼 한편의 시 전체에서 부를 사용한 편명은 꽤 많다. 예를 들면, 〈완구 宛丘〉, 〈진유 溱洧〉, 〈정녀 靜女〉, 〈건상 褰裳〉, 〈장중자 將仲子〉, 〈교동 狡童〉, 〈야유사균 野有死麕〉, 〈목과 木瓜〉, 〈유녀동

거 有女同車〉, 〈풍 豊〉, 〈준대로 遵大路〉, 〈계명 鷄鳴〉, 〈동산 東山〉, 〈군자우
역 君子于役〉 등이다.

두 번째 유형은 부와 비, 흥의 겸용이다.

부는 가장 기본적인 표현 수법으로서 비, 흥 이외에는 모두 부다. ≪시경≫
에서 한 편의 시 전체에서 부를 사용한 예는 꽤 많지만, 시 전체에서 비를
사용한 것은 매우 적고, 시 전체에서 흥만을 사용한 것은 없다. 부와 비,
흥은 늘 함께 결합되었다.

어떤 애정시는 흥을 일으킨 이후에 바로 이어서 부의 수법을 써서 사건을
서술하고 감정을 펴냈기 때문에 '흥이부 興而賦'라고 일컫는다. 예를 든다.

〈겸가 蒹葭〉[진풍 秦風]

| 蒹葭蒼蒼 | 겸가창창 | 갈대가 푸르고 푸르니 |
| 白露爲霜 | 백로위상 | 흰 이슬이 서리가 되었네 |
| 所謂伊人 | 소위이인 | 이른바 그 사람은 |
| 在水一方 | 재수일방 | 저 물가의 한쪽에 있는데 |

이 시는 겸가창창(蒹葭蒼蒼), 백로위상(白露爲霜)으로 흥을 일으켜 시인
이 깊은 가을 새벽에 물가의 갈대 위에 이슬이 맺혀 서리가 된 것을 보고
'그 사람'을 생각하는 정서를 촉발시킨 것이다. 이어서 시인은 '그 사람'이
있는 곳을 묘사하여 자기가 '그 사람'과 소통할 길을 그토록 찾았다는 것을
서술하고, '그 사람'을 볼 수 없는 처량한 심정을 펴냈다. 흥구 이후의
묘사, 서술, 서정은 모두 부의 수법이다.

어떤 애정시는 시작부분의 흥구와 그 아래 구의 '읊조리고자 하는 말,
소영지사 所咏之辭'가 비유관계를 형성한다. 흥을 일으킨 이후에 다시 서술
하고 묘사한다. 우리는 그것을 '비이부 比而賦'라고 일컬어도 무방하다.

예를 든다.


〈표유매 摽有梅〉[소남 召南]

| | | |
|---|---|---|
| 摽有梅 | 표유매 | 매실이 떨어져 |
| 其實七兮 | 기실칠혜 | 그 열매 일곱 개 남았네 |
| 求我庶士 | 구아서사 | 나에게 구혼할 총각들 |
| 迨其吉兮 | 태기길혜 | 좋은 날 골라봐요 |


여기 네 구의 시에서는 처음 두 구로 흥을 일으키고 끝의 두 구로 부를 사용했다. 시에서 여주인공은 매실이 어지러이 땅에 떨어져 나무 가지 위에 단지 열에 일곱 개 밖에 남아 있지 않는 것을 보고서 때 맞춰 시집을 갈 수 없는 후회의 심정이 촉발되었다. 흥구에서 매실이 땅에 떨어지는 자연 풍경을 묘사한 의미는 아가씨의 청춘이 쉽게 지나가버리는 추상적인 이치를 설명하는 데 있다. 그래서 이 시는 흥이면서 비이다(興而比). 부구(賦句)는 직접적으로 여주인공의 결혼을 갈망하는 절박한 심정을 서술하고 있다. 전체 네 구는 '흥이면서 비'이고 '비이면서 부'인 예술수법을 채용하였다.


## 4. 중장첩창(重章疊唱)의 예술형식

중장 첩창(重章疊唱)은 《시경》에서 허다한 애정시의 예술형식이다. 한 수의 애정시는 약간의 장으로 나뉘는데 각 장의 결구는 서로 같고 어구도 서로 비슷하다(다만 소수의 몇 글자만 바뀐다). 시 전편에서 같은 내용을 반복하여 노래함으로써 일창 삼탄(一唱三嘆)의 예술효과를 거둔다.

《시경》 애정시의 중장 첩창은 주로 아래의 몇 유형이 있다.

첫 번째 유형은 매장의 끝이 중복되는 경우다.

이러한 애정시는 단지 끝 부분만 중복된다.

예를 들면, 〈한광 漢廣〉(주남 周南)은 제1인칭의 방식으로 한 청년이 강가에 있는 뱃사공의 집 처녀에게 구애하는 것을 묘사했다. 전편이 세 장인데 제1장은 찾아도 이룰 수 없는 심정을 펴냈고, 제2장과 제3장은 그가 처녀와 결혼하는 환상의 정경을 묘사했다. 매 장의 끝마다 모두 아래와 같은 네 구가 중복되었다.

| 漢之廣矣 | 한지광의 | 한수가 하도 넓어 |
| 不可泳思 | 불가영사 | 헤엄쳐 갈 수도 없고 |
| 江之永矣 | 강지영의 | 강수가 하도 길어 |
| 不可方思 | 불가방사 | 뗏목 타고 갈 수도 없네 |

두 번째 유형은 매장의 처음이 중복되는 경우다.

이러한 애정시는 각 장마다 단지 처음 몇 구만이 중복된다.

예를 들면, 〈동산 東山〉(빈풍 豳風)에서는 제대하는 사병이 귀가 도중의 견문과 감정을 일인칭 어투로 묘사했다. 이 사병은 신혼생활을 한 지 얼마 안 되어 집을 떠나 원정을 갔는데 삼년이 지나서야 요행히 생환하였다. 귀가하는 길에서 그는 종군의 괴로움을 한탄하고(1장), 집안 정원의 황량함을 아득히 생각하며(2장), 아내의 안위를 걱정하고(3장), 신혼의 행복을 회상한다(4장). 줄곧 그는 희비가 교차하여 집에 가까워질수록 집안이 어떻게 되었는지 알지 못해서 마음속으로 걱정이 된다. 시 전편에서 매 장마다 시작 부분에서는 모두 아래 네 구가 중복되었다.

| 我徂東山 | 아조동산 | 내 동산으로 간 뒤에 |
| 慆慆不歸 | 도도불귀 | 오랜 세월 돌아오지 못했노라 |
| 我來自東 | 아래자동 | 내 이제 동쪽에서 올 제 |
| 零雨其濛 | 영우기몽 | 가랑비 부슬부슬 처량하더라 |

시 전체의 각 장은 고르게 이 네 구로 시작된다. 이는 각 장의 내용을 모두 환향하면서 보고 듣고 느끼고 생각하는 범위에 한정시켜 각 장을 긴밀하게 연계시킴으로써 하나의 예술 체계를 이루었다.

세 번째 유형은 장 전체가 중복되는 경우다.

어떤 애정시는 전편의 각 장마다 내용이 똑 같다. 단지 몇 글자만을 바꾸어 장절이 반복되는 형식을 이루었다. 이렇게 장이 중복되는 형식은 또 아래의 두 가지 격식으로 나뉜다.

첫 번째 격식은 중복을 통하여 시의 의경(意境)을 강화하는 것이다.

이러한 격식의 중복은 비록 시의(詩意)에서는 변화가 없으나 시의 감화력은 더욱 강화된다. 예를 든다.

### 〈준대로 遵大路〉[정풍 鄭風]

| | | |
|---|---|---|
| 遵大路兮 | 준대로혜 | 큰 길가를 따라 가며 |
| 摻執子之袪兮 | 삼집자지거혜 | 당신의 소매를 부여잡네 |
| 無我惡兮 | 무아오혜 | 날 미워하지 마오 |
| 不寁故也 | 부잠고야 | 오래된 아내를 버릴 수는 없는 법 |

전체 시는 모두 두 장인데, 이 시는 제 1장이다. 제 2장은 제 1장의 '거 袪', '오 惡', '고 故'를 각기 '수 手', '추 醜', '호 好'로 바꾸어 비슷한 단어를 중복시킴으로써 한 여자가 남편에 대해 그녀를 버리지 말아 달라고 고통스럽게 갈구하는 심리 상태를 표현한 것이 절실하게 사람을 감동시킨다.

두 번째 격식은 중복을 거쳐서 시의 의경을 발전시키는 것이다.

이러한 격식의 중복은 비록 각 장에서 몇 글자만 바꾸었지만 시의(詩意)는 매 장마다 발전되고 감정도 매 장마다 더 깊어진다. 예를 든다.

## 〈채갈 采葛〉 [왕풍 王風]

| 彼采葛兮 | 피채갈혜 | 그 사람 칡 캐러 가서 |
| 一日不見 | 일일불견 | 하루라도 못보면 |
| 如三月兮 | 여삼월혜 | 석 달이나 된듯하네 |

이 시는 모두 세 장인데 매 장마다 두 개의 글자만을 바꾸었을 뿐이다. '갈 (葛: 칡)', '소 (蕭: 쑥)', '애 (艾: 약쑥)'는 모두 식물로써 시에서는 아가씨가 식물을 캐러 가는 것을 묘사했다. '월 月', '추 秋', '세 歲'는 비록 시간을 표시하지만 시간이 점점 길어져 처녀에 대한 총각의 연모의 정이 점점 더 깊어지는 것을 표현하였다.

≪시경≫의 사랑 노래는 내용과 형식에서 상당히 완성된 미적 통일을 이루었다. 그것은 중국 고대 노동 인민들의 건강한 애정관을 반영했을 뿐 아니라 애정을 묘사하는 예술형식을 창조했다.

≪시경≫의 사랑 노래에서 불가피하게 존재하는 얼마간의 봉건적인 잔재에 관해서는 물론 말을 거리낄 필요가 없을 것이다. 우리는 마땅히 '찌꺼기를 버리고 정수를 취한다. 거기조박 취기정화 去其糟粕 取其精華는 원칙을 좇아서 이러한 진귀한 문학유산을 비판적으로 계승해야 한다.

뚜안추잉(段楚英)

# 一

## 반혼(盼婚: 혼인을 고대하며)

남자는 크면 장가가고, 여자는 크면 시집을 간다. 남녀가 결혼할 나이가 되면, 좋은 혼사의 인연이 빨리 맺어지기를 고대한다.

〈표유매 摽有梅〉(소남 召南) 시에서 한 노처녀는 결혼을 고대하는 조급함이 날이 갈수록 더해진다. 처음에 그녀는, 남자가 좋은 날을 잡아 혼담을 꺼내기를 바란다. 그 다음에는 날을 잡는 것을 기다리지 못하고 남자가 오늘 바로 혼담을 꺼내기를 바란다. 최후에는 혼담을 꺼내는 것도 기다리지 못하고 남자에게 빨리 그녀와 결혼하자고 한다.

〈포유고엽 匏有苦葉〉(패풍 邶風) 시에서 아가씨는 이른 아침에 제수(濟水) 기슭에 와서 그녀의 약혼자가 강을 건너오기를 기다린다. 때는 이미 가을이어서 마침 시집가기에 좋은 시기이다. 그녀는 자신의 혼사를 제때에 치르기 위해 제수(濟水)가 얼기 전에 출가하기를 바라고 있다.

## 1. 〈표유매 摽有梅〉 [소남 召南]

| | | |
|---|---|---|
| 摽有梅 | 표유매 | 매실이 떨어지고 |
| 其實七兮 | 기실칠혜 | 그 열매 일곱 개 남았네 |
| 求我庶士 | 구아서사 | 나에게 구혼할 총각네들 |
| 迨其吉兮 | 태기길혜 | 좋은날 골라봐요 |
| | | |
| 摽有梅 | 표유매 | 매실이 떨어져 |
| 其實三兮 | 기실삼혜 | 그 열매 셋만 남았네 |
| 求我庶士 | 구아서사 | 나에게 구혼할 총각네들 |
| 迨其今兮 | 태기금혜 | 오늘 당장 어때요 |
| | | |
| 摽有梅 | 표유매 | 매실이 떨어져 |
| 頃筐墍之 | 경광기지 | 광주리에 다 주워 담았네 |
| 求我庶士 | 구아서사 | 나에게 구혼할 총각네들 |
| 迨其謂之 | 태기위지 | 그냥 말만 해도 되요 |

### 시구 풀이

① 摽有梅(표유매): 시집가는 여자의 시다.

召南(소남): 서주 시대의 소남 지역(지금의 하남성, 호북성 사이의 지역)의 시다.

② 摽(표): 떨어지다.

有(유): 접두어. 뜻은 없다.

③ 七(칠): 많은 수를 표시한다. 아직 떨어지지 않은 과실이 십 분의 칠이다.

④ 庶(서): 군중.

士(사): 고대 미혼남자를 일컬어 士(사)라 했다.

⑤ 迨(태): 기회를 타다.

  吉(길): 좋은 날을 가리킨다.

⑥ 三(삼): 적은 수를 표시한다. 아직 떨어지지 않은 매실이 단지 십 분의 삼만 남아있음을 가리킨다.

⑦ 수(금): 오늘.

⑧ 墍(기): 취하다. 즉 주워 담는다.

⑨ 謂(위): 會(회)와 같다. 고대에 음력 이월에 남녀를 만나게 하는 제도를 가리킨다. 서른 살까지 아직 장가들지 않은 남자, 스무 살 까지 아직 시집가지 않은 여자는 모두 이때를 이용하여 상대를 선 택 할 수 있다. 정상적인 의례 제도에 의존할 필요 없이 결혼할 수 있다. 일설에 謂는 '알려주는 말'로서 한마디 약속을 가리킨다 고 한다.

## 감상과 해설

〈표유매 摽有梅〉이 시에서는 한 아가씨가, 구혼할 청년이 제때에 와주어 청춘이 사라질 때 까지 기다리지 않도록 바라는 마음을 적었다.

전체 시는 모두 3장이다.

제 1장의 시작부분 두 구 "매실이 떨어지고 그 열매 일곱 개 남았네, 표유매 기실칠혜 摽有梅 其實七兮"는 매실이 매화나무에서 계속해서 떨어지 는 것을 쓰고 있다. 하지만 나무위에서 아직 떨어지지 않은 것은 십 분의 칠이다. 이것은 청춘이 아직 많이 남았음을 비유한 것이다. 뒤의 두 구 "나에게 구혼할 총각네들 좋은날 골라봐요, 구아서사 태기길혜 求我庶士 迨其吉兮"는 아가씨가, 자기를 추구하는 청년이 좋은 날을 골라 빨리 와서 혼담을 꺼내기를 바라는 것이다.

제 2장의 첫 두 구는 매실이 나무위에서 점점 떨어져서 나무위에서 아직 떨어지지 않은 매실이 단지 십분의 삼 뿐이라고 말한다. 이것은 청춘이 절반 넘게 사라졌음을 비유한다. "나에게 구혼할 총각네들 오늘 당장 어때요, 구아서사 태기금혜 求我庶士 迨其今兮" 이 두 구는 아가씨 자신에게 구애할 마음이 있는 청년이 빨리 와서 혼인을 제시하기를 바라는 것이다. "금혜"은 즉각의 의미이다. 이것은 상대방이 길일까지 기다릴 것 없이 지금 와서 혼인을 제시하라고 말한다.

제 3장의 시작 두 구는 매실이 계속 나무에서 땅으로 떨어져 사람들이 손에 키를 들고 줍는 것을 썼다. 이것은 땅에 떨어진 매실이 많고 나무위에 남은 매실이 많지 않음을 표명했는데, 청춘이 멀지 않아서 사라질 것을 비유한다. "나에게 구혼할 총각네들 그냥 말만 해도 되요, 구아서사 태기위지 求我庶士 迨其謂之"는 아가씨가 자기에게 구애하는 청년이 만나는 그날로 동거해주기를 바란다고 묘사하였다. 아가씨는 자기의 청춘이 곧 가버릴 것임을 느낀다. 그래서 상대방이 정상적인 의례 절차에 따라 혼인대사를 치를 필요가 없이 단지 빨리 동거하면 된다고 말한다.

이 시는 매장의 시작 두 구가 모두 매실이 떨어지는 것으로써 청춘이 사라지는 것을 비유했는데 3, 4장의 두 구는 아가씨가 청년에게 바라는 것이다. 매 장은 비록 바꾼 글자가 많지 않지만 의미는 점점 더 깊어진다. 제 1장 "태기길혜 迨其吉兮"는 짝을 찾는 심정이 비교적 느긋하다. 제 2장 "태기금혜 迨其今兮"는 이미 조급한 심정이 보인다. 제 3장 "태기위지 迨其謂之"는 사태가 절박하여 우물쭈물 기다릴 사이가 없다고 말할 수 있다. 전체시가 전달하는 정서는 한걸음 한걸음 더 긴장되게 급박감을 주면서 시집을 기다리는 아가씨가 청춘을 허비할까 깊이 두려워하는 심리발전의 과정을 충분히 표현했다.

## 역대 제가의 평설

《모시서 毛詩序》〈표유매 摽有梅〉는 남녀가 제때를 맞춘 것이다. 소남의 나라들은 문왕의 교화를 입어서 남녀가 제때에 짝을 얻었다.

공영달(孔穎達)《모시정의 毛詩正義》: "주왕(紂王) 때에 풍속이 쇠퇴하고 정치가 문란해져 남녀가 그 짝을 놓쳐 시집가고 장가가는 것을 대부분 제때에 하지 못했다. 오늘날 문왕의 교화를 입었기 때문에 남녀가 모두 때에 맞출 수 있었다"

주희(朱熹)《시집전 詩集傳》: "남쪽 나라는 문왕의 교화를 입어 여자들이 스스로 정조를 지킬줄 알기 때문에 제때에 시집을 못가서 포악한 자에게 욕을 당할까 두려워하였다. 그러므로 매실이 떨어져 나무에 달려있는 것이 적다고 말했다. 때가 지나 너무 늦었으니 나에게 구애하는 총각들이 꼭 이 길일에 맞춰 올 사람이 있겠는가?"

위(僞)《노시설 魯詩說》: "〈摽有梅〉는 여자의 아버지가 사위를 선택하는 시로 흥(興)이다."

요제항(姚際恒)《시경통론 詩經通論》: "내 생각으로 이 편은 경 대부가 임금을 위해서 여러 서사(庶士)를 구하는 시다. … 서사(庶士)는 주나라의 여러 직책에 대한 통칭이다. 서사(庶士)는 국가가 마땅히 시급히 찾아야 할 사람들이다."

진자전(陳子展)《시경직해 詩經直解》: "《시서 詩序》에서 '〈표유매 摽有梅〉는, 남녀가 때를 맞춘 것이다'고 했다. 그저 이 첫 구절로서도 이미 충분하다. 시집 장가를 제때에 가지 못하면 독신남 독신녀가 있어서 남자는 유인하고 여자는 가출해서 도망친다. 중춘이면 시집가고 장가가는 시기가 다하고, 초여름이 되어 매실이 익는데도 나이든 여자는 시집을 못가서

〈표유매 摽有梅〉 시를 지은 것이다."

문일다(聞一多) 《풍시유초 風詩類抄》: "어느 명절의 모임에서 여자가 마음속에 두고 있는 남자에게 새로 익은 과일을 선물한다. 상대방이 만일 동의하면 일정 기간 내에 선물을 보내오고 두 사람은 부부로 맺어진다. 이것은 바로 과일을 선물로 줄 때 여자들이 부르는 노래다."

여관영(余冠英) 《시경선역 詩經選譯》: "여자가 배우자를 구하면서 구혼할 남자가 제 때에 오기를 기다리지만 청춘이 사라질 때까지 기다리지는 않는다."

원매(袁梅) 《시경역주 詩經譯注》: "노래하는 여자는 청춘의 아가씨다. 그녀가 청년들과 즐겁게 모일 때 열렬히 진정한 사람을 얻고자 기다린다. 그녀는 솔직하게 속마음을 고백한다. 누구든지 진심으로 그녀를 사랑한다면 그녀는 누구에게라도 시집을 가겠다고. 이 노래는 아마 아가씨들이 중춘의 즐거운 모임에서 마음대로 지어서 부른 것 같다. 고대에는 남녀가 모이는 풍습이 있다. 미혼남녀가 중춘 때의 노래하고 춤추는 모임에서 자유롭게 배우자를 선택한다."

정준영(程俊英) 《시경 역주 詩經譯注》: "이것은 시집가기를 기다리는 여자의 시다. 그녀는 매실이 땅에 떨어지는 것을 보고 청춘이 사라지는 슬픔이 일어 빨리 어떤 사람이 와서 구혼해주기를 바란다."

남국손(藍菊蓀) 《시경국풍금역 詩經國風今譯》: "이것은 한 처녀가 제 때에 혼인하기 위해 그 짝을 구하고자 묘사한 시다."

번수운(樊樹雲) 《시경전역주 詩經全譯注》: "이것은 사랑 노래다. 한 아가씨가 매실을 쳐서 매실이 점점 떨어질수록 점점 적어지는 것을 보다가 청춘이 쉽게 사라짐을 연상한다. 그래서 다정한 여러 청년들에게 길일을 잘못 넘기지 말고 청춘의 나이를 틈타 빨리 구혼하라고 한다."

고형(高亨) 《시경금주 詩經今注》: "《주례 지관 매씨 周禮 地官 媒氏》:

'음력 2월 달에 남녀들을 모이게 한다. 이 때는 가출하여 짝을 찾아 도망치는 것을 금지하지 않고 살피기만 한다. 남녀 가운데 가정을 꾸리지 못 한 자는 그렇게 할 수 있다.' 여기에 근거하여 주나라 시대에 어떤 지역에서는 민간에서 매년 한 번씩 남녀의 무도회를 연다. 모임에서 남녀가 스스로 약혼이나 결혼을 할 수 있다. 이 시는 무도회에서 여자들이 함께 부르는 노래이다."

강음향(江陰香) 《시경역주 詩經譯注》: "문왕 때 남쪽 나라들이 교화를 입어 여자들이 스스로 정조를 지킬 줄 알기 때문에 출가 할 시기를 잘못 지나쳐 강포한 남자들에게 능욕을 당할까 걱정하는 것이다."

## 2. 〈포유고엽 匏有苦葉〉[패풍 邶風]①

| 匏有苦葉② | 포유고엽 | 박에 마른 잎 달려 있고 |
| 濟有深涉③ | 제유심섭 | 제수에는 깊은 나루터 있네 |
| 深則厲④ | 심즉려 | 깊으면 옷 입은 채 건너고 |
| 淺則揭⑤ | 천즉게 | 얕으면 옷을 걷고 건너지 |

| 有瀰濟盈⑥ | 유미제영 | 제수 물 치런치런 넘쳐 흐르고 |
| 有鷕雉鳴⑦ | 유요치명 | 꿔꿔 까투리 우네 |
| 濟盈不濡軌⑧ | 제영불유궤 | 제수 가득차도 굴대를 안 적시지 |
| 雉鳴求其牡⑨ | 치명구기모 | 까투리 울어 수컷을 찾네 |

| 雝雝鳴雁⑩ | 옹옹명안 | 끼욱 끼욱 기러기 울고 |
| 旭日始旦⑪ | 욱일시단 | 막 솟아 오르네 아침의 태양 |
| 士如歸妻⑫ | 사여귀처 | 사내가 장가들려거든 |
| 迨冰未泮⑬ | 태빙미반 | 얼음이 아직 녹기 전에 |

| 招招舟子⑭ | 초초주자 | 뱃사공이 손짓하여 |
| 人涉卬否⑮ | 인섭앙부 | 남들은 건너도 나는 아니 가네 |
| 人涉卬否 | 인섭앙부 | 남들이 건너도 내가 아니 감은 |
| 卬須我友⑯ | 앙수아우 | 난 내 벗을 기다리고자 |

### 시구 풀이

① 〈匏有苦葉 포유고엽〉은 한 아가씨가 제수 언덕에서 미혼남을 기다릴 때 부르던 노래이다.
패(邶): 지금의 하남성 기현(淇縣) 북쪽에서 탕음현(湯陰縣)에 이르는 일대.
② 匏(포): 표주박. 옛날 사람들은 물을 건널 때 물에 빠지는 것을 방지하기 위해서 허리에 마른 표주박을 찼다.

苦(고): 枯(고: 시들다)와 같다. 잎이 시들면 표주박이 마르게 되
어 사용할 수 있다
③ 濟(제): 물의 이름.
　涉(섭): 나루터.
④ 厲(려): 옷을 입은 채로 걸어서 물을 건너다.
⑤ 揭(게): 아래 옷을 걷고 물을 건너다.
⑥ 有瀰(유미): 즉 물이 치런치런하다. 물이 많을 때의 아득한 정경.
　盈(영): 가득 차다.
⑦ 有鷕(유요): 즉 鷕鷕. 적시다. 까투리 [암꿩]가 지르는 소리.
⑧ 濡(유):축축하다.
　軌(궤): 차축의 굴대.
⑨ 牡(모): 수꿩을 가리킨다.
⑩ 雝雝(옹옹): 기러기가 서로 화합하여 우는 소리.
⑪ 旭日(욱일): 처음 떠오를 때의 태양.
　旦(단): 밝다.
⑫ 歸妻: 娶妻(취처: 장가를 들다)라는 말과 같다.
⑬ 迨(태): ～할 적에. 기회를 타다.
　泮(반): 牉(반)과 같다. 흩어짐. 녹음.
⑭ 招招(초초): 손을 흔드는 모양.
　舟子(주자): 뱃사공.
⑮ 卬(앙): 나. 여성 1인칭 대명사.
⑯ 須(수): 기다리다.

## 감상과 해설

〈포유고엽 匏有苦葉〉에서는 한 아가씨가, 물가에서 마음에 둔 사람이
제때에 다가와 구혼하고 혼례를 거행할 것을 기다리는 정경을 묘사했다.
　전체 시는 4장으로 구분한다.
　제 1장은 아가씨가 제수의 물가에서 애인을 기다리는데 그가 물의 세기와

깊이를 측량하여 제때에 다가와 구혼하기를 희망한다. "박에 마른 잎 달려 있고 제수에는 깊은 나루터 있네, 포유고엽 제유심섭 匏有苦葉 濟有深涉"은 아가씨가 물가에서 배회할 때 어떤 사람이 허리에 표주박을 매달고 물속을 걸어서 강을 건너는 것을 묘사한다. 고대에 걸어서 물을 건너는 것을 "섭 涉"이라고 했고, 물을 걸어서 건너는 나루터도 역시 "섭 涉"이라고 불렀다. "심섭 深涉"은 물이 깊은 나루터를 가리킨다. 사람들은 물이 깊은 나루터에서 걸어서 물을 건널 때, 허리에 표주박을 매달았는데 이것은 물에 빠지는 것을 방지하기 위해서이다. "깊으면 옷 입은 채 건너고 얕으면 옷을 걷고 건너지, 심즉려 천즉게 深則厲 淺則揭"의 뜻은 사람들이 물 깊은 지점으로 강을 건널 적에 그저 옷도 같이 젖는 수밖에 없으므로 옷이 축축해져도 돌볼 틈이 없음을 말한다. 마침 강가에서 배회하는 아가씨가 혼잣말로 자기의 연인에게 말한다. "걸어서 강을 건널 때 물의 깊이를 측량하고 반드시 안전하게 허리에 표주박을 매라고." 아가씨의 상대방을 위한 고려가 얼마나 주도면밀한가! 비록 이러한 고려가 대부분 쓸데없는 것이기는 하지만.

제 2장 시작의 두 구 "제수 물 치런치런 넘쳐 흐르고 꿔꿔 까투리 우네, 유미제영 유요치명 有瀰濟盈 有鷕雉鳴"은 아가씨가 제수의 넘치는 물가에 서서 암꿩이 부르고 수꿩이 우는 소리를 듣는다. 이렇게 우는 소리는 맞은 편 언덕의 애인에게 자기의 염원을 고백하게끔 촉발하여 그가 수레를 타고 물을 건너오기를 희망하는 것이다.

"제수 가득차도 굴대를 안 적시지, 제영불유궤 濟盈不濡軌"는 제수의 강물이 비록 가득하지만 바퀴높이의 절반을 넘지 않는다. 고대 사람들은 수레를 타고 물을 건넜으므로 "궤 (軌: 차축굴대)"로써 기준을 삼아 물의 높이를 기록했다. 아가씨는 애인이 걸어서 강을 건너 오는 것을 기다릴 여유도 없이 그가 수레를 타고 강을 건너오기를 희망하면서 혼잣말로 그에게 말한다. 제수의 물이 비록 넘치지만 물의 수위가 차축 굴대높이의 절반에 지니지 않으므로 수레는 강을 건너올 수 있다고.

　"까투리 울어 수컷을 찾네, 치명구기모 雉鳴求其牡"는 암꿩이 짝을 찾기 위해 간간히 우는 소리다. 언외의 뜻은 애인이 강을 건너와 구혼해주기를 기다리기 위해서 스스로 한번 또 한 번 강가를 배회하는 것이다.

　제 3장 첫 부분 두 구 "끼욱 끼욱 기러기 울고 막 솟아 오르네 아침의 태양, 옹옹명안 욱일시단 雝雝鳴雁 旭日始旦"은, 태양이 처음 떠오르는 아침, 아가씨가 제수의 물가를 배회하다가 기러기들이 서로 화합하는 웃음소리를 듣는다. 고대에 혼인을 할 때 기러기가 예물로 사용하였다. 아가씨가 기러기 우는 소리를 듣고 자기의 혼사를 연상한다. 그녀는 남자측이 아침 해가 떠올라 밝아지기 시작하는 때를 타서 납채(納采)의 예를 갖추도록 희망한다. 고대의 혼례 중에서 납채는 낮에, 영친(迎親)은 밤에 한다.

　"사내가 장가들려거든 얼음이 아직 녹기 전에, 사여귀처 태빙미반, 士如歸妻 迨冰未泮"은 당신이 만일 결혼에 관한 일을 잊지 않았다면 마땅히 강이 아직 얼지 않은 때를 틈타서 빨리 강을 건너와 영친하라는 것을 말한다. 고대 사람은 봄, 가을 두 계절을 시집 장가가는 제때로 여겼는데 지금 이때가 바로 가을의 계절이다. 만약 상대방이 시간에 맞춰서 정혼하지 못하면 결혼 날짜는 어긋나는 것이다. 그래서 아가씨는 조급하게 강가에서 기다리며 그가 빨리 강을 건너오기를 희망한다.

　제 4장은 뱃사공이 물을 건너라고 소리쳐 다른 사람들은 모두 갔지만 아가씨는 강 언덕에 혼자 남아있다. 그녀는 전적으로 애인을 기다리기 위해서 온 것이기에!

　시 전체를 읽고 우리는 한 아가씨가 강가에서 배회하며 제수가 얼기 이전에 혼례를 거행하기 편리하도록 강 건너에 있는 연인이 건너와 정혼하기를 초초하게 기다리고 있음을 보는 것 같다. 우리는 모른다. 그녀가 강 건너 연인을 기다릴지 아닐지?

## 역대 제가의 평설

《모시서 毛詩序》"〈포유고엽 匏有苦葉〉은 위선공(衛宣公)을 풍자한 것이다. 위선공과 부인이 음란한 짓을 하였다"

주희(朱熹)《시집전 詩集傳》"이것은 음란을 풍자한 시다……첫장에서는 남녀의 사이를 비유하여 예를 마땅히 헤아려 시행해야 됨을 말했다. 2장에서는 음란한 사람이 예를 헤아리지 않고 그 짝이 아닌데도 예를 어겨가면서 상대를 구하려고 함을 비유한 것이다. 3장에서는 옛날 사람들이 혼인하면서 그 배우자를 구하는 것이 난폭하지 않고 이처럼 예로써 절제하였음을 언급하여 음란한 사람을 심각하게 풍자하였다." "끝장에서는 남녀가 반드시 그 짝을 기다렸다가 상종해야 되는데, 이 사람은 그렇지 않았음을 풍자하였다."

오개생(吳闓生)《시경회통 詩經會通》: "이 시를 두고 〈시서〉에서는 '선공의 음란을 풍자한 것이다'고 했는데, 정말 틀린 것이다. 주자도 여전히 음란하다고 이 시를 해석했으니 역시 틀렸다. 마땅히 《논어 論語》의 '삼태기를 맨다 荷蕢'는 대목에서 인용한 것으로 그 바른 뜻을 삼아야 한다. 그 단어를 음미하면 은둔한 군자가 지은 것이다. 서오(徐璈)가 말했다. '이는 선비가 자처할 곳을 살피면서 도가 아닌 것으로써 나아가는 것을 풍자한 것이다.'고 했으니 그 가리키는 바를 제대로 체득했다. 만일 음란을 풍자하는 시로 여긴다면 언어의 의미가 부합되지 않아서 신기한 이치를 서로 잃게 된다."

문일다(聞一多)《풍시유초 風詩類抄》"돌아오는 사람을 기다리는 것이다." "(마지막 장)뱃사공이 손을 흔들며 노를 저어가니 사람들이 모두 강을 건넜지만 나 홀로 남아 내 친구가 돌아오기만 기다리네."

진자전(陳子展) 《시경직해 詩經直解》: "〈포유고엽 匏有苦葉〉은 여자가 남자에게 구하는 것이 현저하게 드러나는 작품이다. 시의 뜻이 자명한데도 후대의 유자들 대부분이 알지 못했다. 시는 이 여인이 어느 맑은 아침에 제수에 이르러 옷을 입은 채로 건널까? 옷을 걷고 건널까? 하면서 건너가기를 기다린다. 이미 아침 해가 떴고 배도 있지만 역시 건너가려하지 않고 그냥 남아서 친구를 기다린다. 아울러 막 보고 들은 바를 기록했는데 지극히 정치하고 곡절하다. 가요체(歌謠體)의 걸작이다. … 〈포유고엽 匏有苦葉〉 맨 마지막 장에서 왜 시를 지었는지? 작자가 왜 사람을 기다리는지? 그 주제를 비로소 정면으로 보여주기 시작했다. 어리석은 내 소견을 늘어놓자면 이 그림은 화룡정점(畵龍點睛)의 방법을 사용하여 구상이 아주 기이하고 기법이 아주 신기하다!"

여관영(余冠英) 《시경선 詩經選》: "이 시에서 묘사한 것은 이렇다. 가을 아침에 붉은 태양이 지평선에 떠올라 제수를 비춘다. 한 여자가 마침 언덕을 배회하다가 지평선에 사는 미혼남을 기억에 떠올리며 속으로 생각한다. '그가 만약 혼사 일을 잊지 않았다면 이 강이 아직 얼지 않은 틈을 타 빨리 와서 나를 맞이하여 장가를 드는 것이 옳다. 더 늦으면 이르지 못할까 두렵다. 지금 이 제수는 비록 물이 높이 출렁이지만 수레의 바퀴의 절반에 미치지 못하는 깊이다. 영친하러 오는 그 수레가 건너는 게 절대 어렵지는 않겠지? 이때 귓가에 꿩과 기러기, 그리고 거위 우는 소리가 들려 그녀의 심사를 더욱 건드린다."

원매(袁梅) 《시경역주 詩經譯注》"이 아가씨는 가을 아침에 강가에 앉아서 애인이 올 것을 기다리는데 몹시 초조하고 불안하다. 그녀 주위의 사물은 강렬하게 그녀를 자극한다. 제수의 물이 넘실거리자 그녀는 조수처럼 생각의 실마리가 당겨 일어났다. 꿩이 울자 그녀의 애욕은 마치 불처럼 당겨져 일어났다. 이때 그녀는 대담하고 솔직하게 노래한다. '당신 빨리 와서 나한테 장가들어요.' 그녀는 오래오래 강가에 앉아 눈으로 사람들이 강 건너는 것을 보면서 스스로 실신하고 넋이 떨어져 마치 꿈을 꾸고 바보가 된 것 같다."

정준영(程俊英) 《시경역주 詩經譯注》: "이것은 한 여자가 제수 언덕 가에서 미혼남을 기다릴 때 부른 시다."

번수운(樊樹雲) 《시경전역주 詩經全譯注》: "이것은 연정시다. 시에서 정이 많은 아가씨는 표주박 잎이 말라 누렇게 되고 제수의 물이 올라차서 깊어진 가을철에 멀리 맞은편 강 언덕의 정인에게 좋은 시기를 타서 빨리 와 장가들라는 조급한 심정을 서사한 것이다."

원유안(袁愈荽), 당막요(唐莫堯) 《시경전역 詩經全譯》: "아가씨가 강가에서 맞은 편 언덕의 정인을 기다린다."

김계화(金啓華) 《시경전역 詩經全譯》: "여자는 조급하게 애인을 기다리며 나룻터를 떠나려 하지 않는다."

고형(高亨) 《시경금주 詩經今注》: "이시는 남자가 이미 정혼한 여자 친구를 방문하러가는 것을 쓴 것이다."

강음향(江陰香) 《시경역주 詩經譯注》: "이시는 위선공과 부인의 음란함과 예의를 모름을 풍자한 것이다."

# 二

## 하혼(賀婚: 신혼을 축하함)

　　《시경 詩經》에는 두 편의 신혼을 축하하는 예속시(禮俗詩)가 있다. 한 편은 〈벌가 伐柯〉(빈풍 豳風)이고, 다른 한 편은 〈도요 桃夭〉(주남 周南)다. 〈벌가 伐柯〉는 한 편의 혼례 노래이다. 노랫말의 대의를 말하자면, 청년은 반드시 중매인의 소개를 통해 아내를 얻어야 하고, 결혼할 때에는 또한 특별히 혼례에 신경 써야 한다는 것이다.

　　〈도요 桃夭〉는 한 편의 혼인 축하 노래이다. 한 젊고 아름다운 아가씨가 곧 시집을 가는데, 사람들은 이 신부에게 열렬히 축하를 표현한다. 먼저 그녀 부부간의 깊은 애정을 축원하고, 둘째로 그녀의 집안이 번창하기를 축원하고, 세 번째로 그녀의 온 집안이 화목하기를 축원한다.

# 1. 〈벌가 伐柯〉[빈풍 豳風]①

| | | |
|---|---|---|
| 伐柯如何② | 벌가여하 | 도끼자루 베려면 어떻게 하나 |
| 匪斧不克③ | 비부불극 | 도끼가 아니면 안 되지 |
| 取妻如何④ | 취처여하 | 아내를 맞으려면 어떻게 하나 |
| 匪媒不得 | 비매부득 | 중매쟁이가 아니면 못하지 |
| | | |
| 伐柯伐柯 | 벌가벌가 | 도끼자루 베려면 도끼자루 베려면 |
| 其則不遠⑤ | 기칙불원 | 그 본보기 멀리 있지 않네 |
| 我覯之子⑥ | 아구지자 | 내 그 님을 만나 함께 할 적에 |
| 籩豆有踐⑦ | 변두유천 | 그릇에 음식 담아 차려 놓으리 |

## 시구 풀이

① 〈伐柯 벌가〉: 남자가 신혼 때 부르는 노래이다.

豳風(빈풍): 서주시대 빈[지금의 섬서성 구읍현(枸邑縣) 서쪽] 나라의 시가.

② 伐(벌): 찍다. 패다.

柯(가): 도끼자루.

③ 匪(비): 非와 통한다. 아니다.

克(극): 능하다. 이루다. 완성하다.

④ 取(취): 娶와 통한다. 장가들다.

⑤ 則(칙): 법칙.

不遠(불원): 가까이 손안에 쥐고 있는 도끼자루를 가리킨다.

⑥ 覯(구): 남녀가 서로 사랑하여 결합함을 가리킨다.

之子(지자): 이 사람.

⑦ 籩(변): 옛날 식기이며, 대오리(바구니 따위를 겯기 위해 가늘게 쪼갠 것)를 사용하여 엮은 것으로 위에 뚜껑이 있다.

豆(두): 옛날 식기이며, 나무를 재료로 만들었다. 꽃무늬를 조각
하고 기름칠을 했으며 뚜껑이 있다. 籩豆(변두)는 모두 "뚜껑이
있는 사발"과 같은 종류이다. * 의식이나 제사를 올릴 때 籩은 포
나 과일을, 표는 식혜 등을 담는 데 쓰인다.
踐(천): 행렬을 이룬 모양.

## 감상과 해설

〈벌가 伐柯〉 이 시의 주인공은 신랑이며, 그가 신혼 때에 이 노래를
불렀다.

시는 모두 2장으로 되어있다.

제 1장의 처음 두 구 "도끼자루 베려면 어떻게 하나 도끼가 아니면 안
되지, 벌가여하 비부불극 伐柯如何 匪斧不克"은 도끼 자루(도끼의 자루)를
베는데 도끼가 없으면 벨 수 없다는 것을 말한다. 《시경 詩經》중에서,
"벌가 伐柯", "석신 析薪"(장작을 패다), "속신 束薪"(땔나무를 묶다)은 혼인에
비유하여 자주 사용되는데 이 시에서도 역시 그렇다. 시는 "벌가 伐柯"에
반드시 도끼가 필요하다는 것으로 흥을 일으켜, 남자가 아내를 얻는 데는
반드시 하나의 기본조건이 필요하다는 것을 비유하였다.

"아내를 맞으려면 어떻게 하나 중매쟁이가 아니면 못하지, 취처여하
비매부득 取妻如何 匪媒不得"은 곧 결혼의 기본 조건에 대한 대답이다.
도끼자루를 베는 데 도끼가 필요한 것과 같이 아내를 얻는 데는 중매쟁이가
필요하며, 중매쟁이가 없으면 아내를 얻을 수 없다. 이 시는 서주(西周)시대
에 지금의 섬서성(陝西省) 구읍현(枸邑縣) 일대에서 유행했던 민가이다.
지금으로부터 3천년 이전에 생성되었으며, 이는 그 아득히 먼 노예사회에
서 중매쟁이를 통하여 아내를 얻는 혼인풍속이 대단히 보편적이었음을

분명하게 나타낸다.

　제 2장의 첫 두 구 "도끼자루 베려면 도끼자루 베려면 그 본보기 멀리 있지 않네, 벌가벌가 기칙불원 伐柯伐柯 其則不遠"은 새 도끼자루를 벨 때, 손에 쥔 도끼자루가 곧 본보기가 됨을 말하는 것이다. 도끼자루의 본보기가 손안에 있기 때문에 "기칙불원 其則不遠"이라고 했다. 제 2장 첫 구에서 도끼자루를 베는데 본보기가 필요한 것을 결혼에서 반드시 예절과 의식이 필요한 것에 비유하였다.

　"내 그 님을 만나 함께 할 적에 그릇에 음식 담아 차려 놓으리, 아구지자 변두유천 我覯之子 籩豆有踐"은 곧 신혼 때의 예절과 의식을 묘사한 것이다. 시에서는 신랑이 신부와 결혼할 때, 고기와 야채 등의 음식을 가득 담은 큰 뚜껑이 있는 그릇을 가지런하게 벌여 놓는다. 이것이 옛날에 남자가 장가를 들 때의 예법이다.

　《의례・사혼례 儀禮・士昏禮》에 쓰인 것에 의하면 남자가 처음 결혼하는 날 안방 문밖에 발이 셋 달린 솥을 놓고, 방안에는 "식초, 간장 두 그릇과 채소 절임, 젓갈 네 그릇을 모두 천에 싸고, 기장과 메기장 네 그릇을 모두 덮어 차려 놓아야 한다." 제 2장 끝 구 "변두유천 籩豆有踐"은 앞에서 기재한 내용과 상통되며 고대의 결혼 풍속을 반영하고 있다.

　이 시는 한 사람의 신랑이 부른 혼례가이다. 그는 마치 아직 아내를 얻지 못한 젊은 청년들에게 경험을 전수하여, 그들에게 중매쟁이에게 가서 중매를 부탁하고, 혼인이 이루어졌을 때는 특별히 예의와 의식을 염두에 두어야 함을 알려주는 것 같다. 후대 사람들이 중매쟁이를 일컬어 "벌가 伐柯"라고 부르는 것은 이 시로부터 유래한 것이다.

## 역대 제가의 평설

《모시서 毛詩序》: "〈벌가 伐柯〉는 주공(周公)을 찬미한 것이다. 주나라 대부가 조정에서 주공을 알아주지 못함을 풍자했다."

정현(鄭玄)《모시전전 毛詩傳箋》: "성왕(成王)이 뇌우대풍(雷雨大風)의 변(變 큰 어려움)을 얻어 주공을 맞아들이고자 했으나, 조정군신들이 아직도 관숙(管叔)과 채숙(蔡叔)의 말에 현혹되어 주공의 성덕을 알지 못하고 왕으로 맞이하는 예에 대해서 의심하였기 때문에 그것을 풍자한 것이다."

주희(朱熹)《시집전 詩集傳》: "(1장)주공이 동쪽에 머물 때, 동쪽 지방 사람들이 이를 언급하여 평소 주공을 보고자 하였으나 보기가 어려움을 비유한 것이다." "(2장) 동쪽 사람들이 이를 언급하여 오늘날 주공을 쉽게 만날 수 있음을 비유하여 그것을 매우 기뻐한 가사이다."

요제항(姚際恒)《시경통론 詩經通論》: "주나라 사람들이 주공이 다시 돌아온 것을 기뻐하여 맞이한 시다. …… '지자 之子'는 주공을 가리킨다. '변두유천 籩豆有踐'은 주공이 돌아오자 그를 이와 같은 예로써 대접하였음을 말한다. 전체 시편의 정확한 취지는 이 2장에 있다."

방옥윤(方玉潤)《시경원시 詩經原始》: "이 시는 아직 상세하게 알 수 없어 감히 억지로 해석할 수 없다.《서 序》에서는 '주공을 찬미하고, 주나라 대부가 조정에서 주공을 알아주지 못함을 풍자한 것이다.'라고 여겼다. 무릇 주공의 덕이 아름다움을 다른 사람들이 모른다고 해서 강(姜), 소(召) 두 공조차 어찌 아직도 그것을 몰랐겠는가? 더구나 (주공이) 동쪽을 정벌한지 3년 만에 죄인의 이름을 얻게 되었지만 그 마음은 이미 세상에 정대하고 명백하게 밝혀졌다.……유독 조정에서만 대부분 의심했다고 하나 아마 이러한 이치는 없을 것이므로 결단코 믿을 수 없다. 또한 그날로 공이 비록 동쪽으로 원정하러 갔지만, 권력은 여전히 손안에 있었다. 하루아침에 개선하고 철수하니 조정은 그를 영접할 겨를이 없었다. 어찌 늦게까지 머물다가 아직 돌아가지 못하게 되자 오히려 주나라 대부가 시를 지어 조정을 풍자했다는 번잡한 데까지 이르렀겠는가?……"

오개생(吳闓生) 《시의회통 詩義會通》: "이전의 대부가 이 시를 다음 시의 〈구역 九罭〉(* 《시경》의 원래 편차에서는 이 시 다음에 〈구역〉이 나온다)과 본래 같은 편인데 잘못 나눈 것이므로 마땅히 합쳐서 읽어야 그 뜻을 바로 알 수 있다."

진자전(陳子展) 《시경직해 詩經直解》: "〈벌가 伐柯〉는 대부가, 성왕이 돌아오는 주공을 예로서 맞이하기를 희망하여 쓴 것이다. 《서 序》, 《전 傳》, 《전 箋》의 뜻에 따르면 대략 이와 같다. '3가(제, 노, 한 齊, 魯, 韓)의 설은 알 수 없다' 주자는 새로운 설이 없다. 송나라 유자의 설에서는 《소전 蘇傳》, 《엄집 嚴緝》이 모시, 정현을 좇아 해석한 것을 가장 명쾌하다고 했다. 이 시의 제 1장 네 구는 〈제풍·齊風 남산·南山〉 마지막 장의 네 구와 같다. ……거의 전부가 같다. 모두 민간의 민요와 속담을 사용했다고 생각한다. 마지막 장 '아구지자 我覯之子' 이 한 시구는 또 아래 편의 〈구역 九罭〉과도 서로 같다. 따라서 《시서 詩序》의 작자는 똑같이 주공과 관련 있는 시라고 여겼다. ……오개생(吳闓生) 《시의회통 詩義會通》에서 이르기를 '이전의 대부는 이 시를 아래의 《구역 九罭》과 본래 같은 편인데 잘못 나눈 것이므로, 합쳐서 읽으면 그 뜻을 알 수 있다.'고 여겼다. 또 이르기를 '이전 대부가 말하기를, 〈벌가 伐柯〉와 〈구역 九罭〉은 한편으로, 상편(〈벌가 伐柯〉)에서 아구지자, 변두유천 我覯之子, 籩豆有踐이라 말하고 여기(〈구역 九罭〉)에서 아구지자, 곤의수상 我覯之子, 袞衣繡裳 이라고 말했는데 문장의 뜻이 상응한다. 후대 사람들이 두 개로 잘못 나누어 상편은 꼬리가 없고 이 편은 머리가 없으니 그 가사가 모두 잘려 완전하지 못하다.

······' 여기서 말하는 이전 대부라는 사람은 누구인가? 오여륜(吳汝綸)이다. 《시 詩》, 《전 傳》의 최초판본은 모두 볼 수 없다. 그 설은 자연히 억측에 속한다."

원매(袁梅) 《시경역주 詩經譯注》: "이 시는 남자가 신혼 때 부른 노래이다."

양합명(楊合鳴), 이중화(李中華) 《시경주제변석 詩經主題辨析》: "이 시는 민간에서 유행한 혼인풍속에 관한 가요다."

정준영(程俊英) 《시경역주 詩經譯注》: "이 시에서는 아내를 얻을 때 반드시 중매쟁이를 거쳐야 한다는 것이, 마치 나무를 베어 도끼자루를 만들 적에 반드시 도끼를 써야만 하는 것과 같다고 썼다. 후대 사람들이 중매쟁이를 "벌가 伐柯", "작벌 作伐"이라고 부르는 것은 바로 여기에서 유래한 것이다."

번수운(樊樹雲) 《시경전역주 詩經全譯注》: "이 시는 중매쟁이를 통해 아내를 얻는 애정시다. 시는 나무를 베어 도끼자루를 만드는 것으로써 비유를 삼아 아내를 얻는 것이 결코 어렵지 않다고 말했다. 그것은 단지 중매쟁이의 소개가 있고 예의와 의식(儀式)을 주의하면 되는 것이다."

김계화(金啓華) 《시경전역 詩經全譯》: "도끼 자루를 만들기 위해 나무를 베는 것으로 비유하여, 아내를 얻으려면 중매쟁이가 있어야 하고, 아내가 있어야 살림을 할 사람이 있다고 한 것이다."

원유안(袁愈荌), 당막요(唐莫堯) 《시경전역 詩經全譯》: "노예사회에서 중매쟁이가 없으면 매매혼인을 할 수 없음을 썼다. 나중에 이로 인하여 남을 위해 중매를 서는 것을 '벌가 伐柯라 부르게 되었다. 또한 '벌가 伐柯로써 따라야 할 일정한 준칙을 비유하였다."

고형(高亨) 《시경금주 詩經今注》: "이 시는 남자가 중매쟁이를 청하여 밥을 먹으며 그에게 상대를 소개해 달라고 청탁하는 시다."

강음향(江陰香) 《시경역주 詩經譯注》: "아내를 얻으려면 반드시 중매쟁이가 있어야 함을 말한 것인데, 이 시는 동쪽 지방의 백성들이 주공을 칭찬한 것이다."

# 2. 〈도요 桃夭〉[주남 周南]①

| 桃之夭夭② | 도지요요 | 복숭아나무 싱싱하고 무성한데 |
|---|---|---|
| 灼灼其華③ | 작작기화 | 그 꽃이 활짝 예쁘게 피었네 |
| 之子于歸④ | 지자우귀 | 시집가는 그 아가씨 |
| 宜其室家⑤ | 의기실가 | 그 집안을 화목케 하리라 |

| 桃之夭夭, | 도지요요 | 복숭아나무 싱싱하고 무성한데 |
|---|---|---|
| 有蕡其實⑥ | 유분기실 | 열매가 알록달록 주렁주렁 열렸네 |
| 之子于歸 | 지자우귀 | 시집가는 그 아가씨 |
| 宜其家室 | 의기가실 | 그 집안을 화목케 하리라 |

| 桃之夭夭 | 도지요요 | 복숭아나무 싱싱하고 무성한데 |
|---|---|---|
| 其葉蓁蓁⑦ | 기엽진진 | 그 잎이 무성하게 우거졌네 |
| 之子于歸 | 지자우귀 | 시집가는 그 아가씨 |
| 宜其家人 | 의기가인 | 그 집안을 화목케 하리라 |

## 시구 풀이

① 〈도요 桃夭〉: 여자가 시집가는 것을 축하하는 짧은 시다.

　　周南(주남) : 지금의 낙양의 남쪽에서 곧장 호북성으로 이르는 지방.

② 夭夭(요요): 복숭아나무가 싱싱하고 무성한 모양을 형용.

③ 灼灼(작작): 복숭아꽃이 아름답고 활짝 핀 것을 형용.

　　華(화): '花'와 같다.

④ 之(지): 이것. 지시대명사.

　　子(자): 여자를 가리킨다.

　　于(우) : 동사의 접두사.

　　歸(귀): 시집가는 것. 후세에는 '于歸'로써 시집가는 것을 가리킨다.

⑤ 宜(의): 화목하다. 동사처럼 쓰였다.

　室家(실가): 가정.

⑥ 有(유): 형용사의 앞에서 어조사로 쓰였으며, 질사(迭詞)와 같은 작용을
　한다. 有蕡은 곧 蕡蕡이다.

　蕡(분): 색깔이 여러 가지로 뒤섞여 알록달록한 모양. 복숭아 열매가 익
　어서 홍백이 서로 섞여있는 모양을 형용한다.

⑦ 蓁蓁(진진): 나뭇잎이 무성한 모양.

## 감상과 해설

　〈도요 桃夭〉는 신부를 축하하는 시다. 시인은 신부를 열정적으로 찬미하
고, 아울러 그녀의 결혼 이후의 생활이 행복하기를 축원한다.

　전체 시는 3장으로 나뉜다.

　제 1장의 첫 두 구 '복숭아나무 싱싱하고 무성한데 그 꽃이 활짝 예쁘게
피었네, 도지요요 작작기화 桃之夭夭 灼灼其華'는 봄날 농촌에서 복숭아
가지의 부드러움과 복숭아꽃이 터지는 곱고 아름다움을 묘사했다. 그러나
실제로는 사물을 의인화하여 신부를 마치 부드러운 복숭아 가지와 같이
그렇게 젊고 싱싱하며, 곱고 요염한 복숭아꽃처럼 미려하다고 비유한 것이다.

　3, 4구 "시집가는 그 아가씨 그 집안을 화목케 하리라, 지자우귀 의기실가
之子于歸 宜其室家"는 젊고 용모가 아름다운 신부가 시집을 가서 그녀가
장차 그녀의 시댁에 화목과 즐거움을 가져다주기를 축원하는 것이다. 이것
은 당연히 시인의 신부에 대한 축복이다.

　제 2장은 약간 변화가 있다. "열매가 알록달록 주렁주렁 열렸네, 유분기실
有蕡其實"은 복숭아 열매가 익어서 홍홍, 백백의 복숭아가 빽빽하게 복숭아
나무 위에 열려있는 것을 묘사한 것이다.

제 1장에서 "華"를 쓴 것은 신부의 아름다움을 형용하는 것이다.

제 2장에서 "實"을 쓴 것은 독자로 하여금 더 많이 더 멀리 생각하게 한 것이다. 이미 신부의 젊음, 아름다움, 성숙함을 연상할 수 있게 한데다가 또한 그녀가 결혼한 후에 아들딸을 낳아 기르는 것을 연상할 수 있게 한다. 마땅히 신부의 즐거움은 무궁무진한 것이라 말할 수 있다.

제 3장 "그 잎이 무성하게 우거졌네, 기엽진진 其葉蓁蓁"은 복숭아 잎이 무성하여 온통 초목이 생기발랄한 광경을 묘사한 것이다. 앞의 두 장에서 "花"와 "實"을 나누어 쓰고, 제 3장에서 "葉"을 써서 정취가 더욱 풍부하다. 잎이 가득한 나무는 마치 하나의 큰 우산이 빈틈없이 복숭아나무를 감싸고 있는 것 같다. 독자는 이러한 경물을 통해 신부가 결혼 후에 집안을 관리하는 것이 과소평가될 수 없다고 연상할 수 있다.

"의기실가 宜其室家"에서부터 "의기가실 宜其家室"과 "의기가인 宜其家人"까지 비록 의미는 서로 비슷하지만, 연계하여 보면 세 가지 방면에서 신부를 축복하는 것이 분명하다. 즉 그녀가 결혼한 후에 시어머니와 며느리 사이의 화목, 부부간의 다정함, 집안의 화순을 축복하는 것이다.

이 시는 고대인의 아름다운 관념을 반영했다. '도지요요 작작기화, 桃之夭夭 灼灼其華'에서 신부는 복숭아꽃처럼 아름다운 용모를 지니고 있다. '지자 우귀 의기실가, 之子于歸 宜其室家'에서 신부는 또한 가정을 화목하게 하는 아름다운 인품을 지니고 있다. 외모와 인품이 모두 아름다워 비로소 최상의 아름다움을 지닌 신부라고 할 수 있다.

### 역대 제가의 평설

《모시서 毛詩序》: "〈도요 桃夭〉는 후비가 이루어 놓은 것이다. 후비가 질투하지 않으니 남녀가 바르게 되고 혼인을 제때에 하여 나라에 홀아비가 없게 된다."

주희(朱熹)《시집전 詩集傳》: "문왕의 교화가 집안으로부터 나라에 미쳐서 남녀가 바르게 되고 혼인을 제때에 하였다. 그러므로 시인은 자신이 본 것으로써 흥을 일으켜 그 여자가 어질어 반드시 가정을 화목하게 할 줄 안다고 감탄한 것이다."

《위노시설 僞魯詩說》: "주나라 사람들이 처음부터 끝까지 후비의 일관된 부녀의 도를 찬미한 시다. 모두 비유[比]한 후에 직서[賦]한 것이다."

요제항(姚際恒)《시경통론 詩經通論》: "내 우매한 견해로 이것은 왕의 공족(公族)인 여자를 가리켜 말한 것이다. 시인은 그녀가 시집가는 것을 찬미하고 그녀가 장차 반드시 부녀의 도를 다할 수 있을 것이라고 여겼다." 또 말했다. "복숭아꽃의 빛깔이 가장 요염하기 때문에 그것으로 여자를 비유하여 천고토록 사부(詞賦)에서 미인을 읊조리는 기원을 열었다."

오개생(吳闓生)《시의회통 詩義會通》: "〈도요 桃夭〉는 민간에서 제 때에 시집가고 장가드는 것을 찬미한 시다. 주자(朱子)의《시서변설 詩序辨說》에서《서 序》의 첫 구는 맞지 않다.' 위원(魏源)《시서집의 詩序集義》에서 '〈도요 桃夭〉는 제 때에 시집가는 것을 찬미한 것이다.《예 禮》에서 '서리가 내리는 때에 여자를 맞이하고 얼음이 녹는 시기에는 그것을 중지한다.'고 했다. 이것은 금문(今文)인《한설 韓說》로써,《모서 毛序》와 비교한 것인데 간략하고 타당하다. ……〈도요 桃夭〉는 민요의 풍격으로서 통치계급의 인물을 낙인한 것이 분명히 없으므로, 마땅히 민간에서 시집가고 장가드는 것을 읊은 시라고 할 수 있다."

원매(袁梅)《시경역주 詩經譯注》: "이것은 신부를 축하하는 노래다. 연홍색의 복숭아꽃, 홍백색의 복숭아 열매, 짙푸른 복숭아 잎으로써 아름다움으로 가득한 신부를 비유했다."

정준영(程俊英) 《시경역주 詩經譯注》: "이것은 신부를 축하하는 시다. 시인은 봄날 농촌에서 부드러운 복숭아 가지와 아름다운 복숭아꽃을 보고 신부의 젊고 아름다운 용모를 연상했다."

원유안(袁愈荌), 당막요(唐莫堯) 《시경전역 詩經全譯》: "여자가 시집가는 것을 축하하는 것이다."

고형(高亨) 《시경금주 詩經今注》: "이것은 여자가 출가할 때 부른 노래이다."

번수운(樊樹雲) 《시경전역주 詩經全譯注》: "이것은 신혼을 축하하는 예찬가이다. 한 아름다운 신부가 따뜻한 봄철에 시집가는 행복한 경치를 묘사했다."

김계화(金啓華) 《시경전역 詩經全譯》: "혼인의 행복을 축하한 것이다."

강음향(江陰香) 《시경역주 詩經譯注》: "여자가 혼인한 후에 가정이 안락해짐을 말한 것이다."

# 三

## 영혼(迎婚: 신부 맞이하는 의식)

《시경 詩經》시대에는 신부를 맞는 예(친영: 親迎)가 있었다. 신랑은 수레를 타고 신부를 맞이하러 가서 먼저 신부 집의 문과 뜰 사이에서 기다린다. 주인이 신랑을 뜰로 맞이하여 안채에 이른 다음 신랑은 신부가 나오기를 기다린다. 가족들이 신부를 안채 앞으로 데리고 나와, 신랑에게 손을 건네어 주면, 신랑은 신부를 이끌고 대문 밖으로 나가, 함께 수레를 타고 시집으로 간다.

〈저 著〉(제풍 齊風) 시에서 신랑은 신부를 맞으러 간다. 그는 신부 맞이 수레를 신부의 집 문밖에 세워두고, 스스로 한발 한발 앞 뜰, 중간 뜰, 안채에까지 들어온다. 신부의 눈은 처음부터 긴장된 채 신랑을 응시한다. 그녀는 눈부시게 사람을 비추는 신랑의 모습을 보고 매우 기뻐한다.

〈거할 車舝〉(소아 小雅) 시에서 신랑은 신부와 함께 신부 맞이 수레에 오른다. 그는 신부의 아름다운 용모를 보고 매우 만족하여 끊임없이 칭찬한다.

〈북풍 北風〉(패풍 邶風) 시에서 신부가 신부맞이 수레에 타자 옆에는 신랑이 있다. 그녀는 신랑의 따뜻한 정에 감동을 받아 수레가 천천히 가기를 바란다. 설령 바람과 눈이 한꺼번에 쏟아지더라도 수레가 빨리 가지 않기를 바란다.

〈유녀동거 有女同車〉(정풍 鄭風) 시에서 신랑은 수레를 몰고 신부를 맞이하러 가서, 신부와 함께 수레를 타고 동행한다. 신부의 아름다운 용모와 나긋나긋한 자태에 신랑은 만족한다. 특히 수레위에서 신부에게 건넨 아름다운 말들은, 그가 (오늘을) 평생 잊지 못할 것임을 표현한 것이다.

# 1. 〈저 著〉[제풍 齊風]①

| 俟我于著乎而② | 사아우저호이 | 나를 문간에서 기다리네 |
| 充耳以素乎而③ | 충이이소호이 | 흰 실로 꿴 귀막이 구슬에 |
| 尚之以瓊華乎而④ | 상지이경화호이 | 화려한 붉은 옥을 달고서 |

| 俟我于庭乎而⑤ | 사아우정호이 | 나를 뜰에서 기다리네 |
| 充耳以青乎而⑥ | 충이이청호이 | 푸른 실로 꿴 귀막이 구슬에 |
| 尚之以瓊瑩乎而 | 상지이경영호이 | 영롱한 붉은 옥을 달고서 |

| 俟我于堂乎而⑦ | 사아우당호이 | 나를 대청에서 기다리네 |
| 充耳以黃乎耳⑧ | 충이이황호이 | 누런 실로 꿴 귀막이 구슬에 |
| 尚之以瓊英乎而 | 상지이경영호이 | 꽃같은 붉은 옥을 달고서 |

## 시구 풀이

① 〈저 著〉: 신랑이 신부를 맞이하는 시다.

齊風(제풍): 춘추시대 제[지금의 산동성 태산(泰山) 이북] 나라의
시가.

② 俟(사): 기다리다.

我(아): 신부 자신을 말한다.

著(저): 대문과 병풍의 사이. 고대에 장가들 때 신부를 친히 맞이
하는 곳.

乎而(호이): 어기사.

③ 充耳(충이): 옥으로 만든 장식물로서 모자 양쪽에 달아서 귀까지
아래로 드리우는 것.

素(소): 옥을 매단 흰 명주끈.

④ 尚之(상지): 더하다. 잇다. 보태다.

　　琼(경): 붉은 옥. 琼華(경화)와 뒤에 나오는 두 장의 琼瑩(경영),
　　琼英(경영)은 모두 옥의 빛깔과 광택을 가리킨다.
⑤ 庭(정): 뜰. 대문 안이자 안방문 밖.
⑥ 靑(청): 푸른 명주 끈. 옥을 매다는 데 사용한다.
⑦ 堂(당): 대청 앞. 著(저), 庭(정), 堂(당)은 밖에서부터 안으로 이르
　　는 세 곳.

## 감상과 해설

〈저 著〉 이 시의 주인공은 신부다. 신랑이 수레를 타고 와서 아내를 맞이할 당시에, 신부는 신랑의 모습을 보고서 칭찬이 입에서 그치지 않는다.
　　전체 시는 모두 3장이다.
　　제 1장의 첫 구 "나를 문간에서 기다리네, 사아우저호이 俟我于著乎而"는 신랑이 수레를 타고 친영해서 신부를 맞이할 때, 막 수레를 대문 밖에 세워두고, 신랑이 대문으로 들어가서, 대문과 병풍의 사이에서 기다리고 있는 것을 서술한 것이다. 시에서 신부는 지금까지 신랑을 본 적이 없기 때문에 신부는 절실하게 신랑의 모습을 한 번 보고 싶어 한다. 그 때 신랑은 신부를 맞이하러 문지방으로 크게 내딛을 때, 신부가 살짝 엿보기 시작한 것이 "흰 실로 꿴 귀막이 구슬에 화려한 붉은 옥을 달고서, 충이이소호이 상지이경화호이 充耳以素乎而 尚之以琼華乎而"다. 신랑의 모자 양쪽은 흰색 명주 끈을 이용해서 옥을 걸고, 한 덩어리의 홍옥이 가슴 앞에 붙어 있는데, 그 모양이 매우 아름다웠다.
　　제 2장 첫 구 "나를 뜰에서 기다리네, 사아우정호이 俟我于庭乎而"는 신랑이 크게 내딛고, 뜰 안으로 걸어오니, 신부와 거리가 점점 가까워진 것을 서술했다. 신부의 시선이 슬며시 그를 따라가 보니 보면 볼수록 분명해

진다. 그녀가 본 것은 "푸른 실로 꿴 귀막이 구슬에 영롱한 붉은 옥을 달고서, 충이이소호이 상지이경영호이 充耳以瑩乎而 尙之以瓊瑩乎而"다. 이는 신랑의 모자 양쪽에 또한 청색 명주 끈을 이용해서 옥을 걸고, 가슴 앞에 단 한 덩어리 홍옥은 번쩍번쩍 빛나니, 신랑의 광채가 사람들을 비추는 것처럼 보인다.

제 3장 첫 1구 "나를 대청에서 기다리네, 사아우당호이 俟我于堂乎而"는 신랑이 뜰 안으로 성큼 나아가 대청에 걸어와서 기다리니, 신부와 거리가 더욱 가까워진 것을 서술했다. 신부가 신랑을 슬며시 봤을 때 더욱 분명하게 보였는데, 그녀가 본 것은 "누런 실로 꿴 귀막이 구슬에 꽃같은 붉은 옥을 달고서, 충이이황호이 상지이경영호이 充耳以黃乎而 尙之以瓊英乎而"였다. 신랑의 모자 양쪽에 또한 노란 명주 끈을 이용해서 옥을 걸고, 가슴 앞의 한 덩어리 홍옥은 세상에 둘도 없이 아름답다. 신랑은 젊고 잘 생겨서, 그녀로 하여금 놀라고 기뻐해 마지않게 한다.

이 시는 묘사의 방법에서 참신하고 독특하다. 신랑의 형상을 정지 상태로 소개한 것이 아니고, 신부의 눈을 통해서 자세히 관찰한 것이다. 신부의 기쁘고 즐거운 정을 직접적으로 설명한 것이 아니고, 신랑에 대한 찬미를 통해서 드러낸 것이다. 신부는 신랑의 용모와 복식의 아름다움을 반복해서 칭찬하고, 신랑에 대해 마음에 든다고 표명하며, 자기의 결혼에 대해 아주 만족스러워한다.

전체 시는 결구에서 "저(著 문간)", "정(庭 뜰)", "당(堂 대청)" 3단계에 근거하여, 밖에서 안으로 갈수록 층층이 깊이 들어가 묘사했다. 옛 제도에는 신부를 맞이하는 예 친영 親迎이 있었다. 신랑은 수레를 타고 여자 집에 와서 신부를 맞이하는데, 먼저 대문과 뜰 사이에서 기다렸다. 이때, 주인이 귀빈을 뜰 안으로 맞아들인 후에, 주인과 손님이 함께 서쪽 계단으로 올라간 다음, 다시 앞 대청에 이르러서, 신부가 나오기를 기다린다. 신부는 신랑에게 손을 내밀고, 신랑은 바로 신부를 서쪽 계단으로 이끈다. 주인은 다시 계단을 내려가지 않고 상대를 배웅하는 것은, 이때 신부를 신랑에게 건넸음을 뜻한다. 그리하여 신랑은 곧 신부와 함께 수레를 타고 돌아간다. 본 시의 세 장에서는 먼저 "사아우저 俟我于著"를, 다음으로 "사아우정 俟我于庭"을, 마지막으로 "사아우당 俟我于堂"을 말하여 당시의 신부를 맞이하는 의식[친영 親迎]을 반영했다.

이것은 귀족 남자가 신부를 맞이하는 것을 묘사한 시이고, 귀족계급의 혼례의식을 반영했다. 그러나 전체 시에서 강조하여 표현한 감정은 신혼의 즐거움이기 때문에 읽기에 특별한 맛이 있다.

## 역대 제가의 평설

《모시서 毛詩序》: "〈저 著〉는 시대를 풍자한 것으로 당시에는 친영을 하지 않았다."

공영달(孔穎達) 《모시정의 毛詩正義》: "〈저 著〉 시를 지은 것은 시대를 풍자한 것이다. 이것을 풍자한 까닭은 당시에는 신부를 맞으러 직접 나가지 않았기 때문에 친영의 예를 진술하여 풍자한 것이다. 모시서에서 여기기를 제 1장은 선비가 친영한 것을 말하고, 다음 장은 경대부가 친영한 것을 말하고, 마지막 장은 임금이 친영한 것을 말한다고 했다. 모두 대청에서 여자를 받아들이고, 나아가 뜰에 이르르고, 문간에 이르르니, 각각 그 하나씩 거론하여 서로 드러나게 되었다. 정현(鄭玄)은 세 장 모두 신하가 친영하는 예를 서술했다고 했다. 비록 근거한 바가 다르지만, 모두 친영의 예를 들고 진술하여 지금의 친영하지 않음을 풍자한 것이다."

주희(朱熹) 《시집전 詩集傳》: "동래여씨(東萊呂氏)가 말했다. 혼례에 사위가 처가 쪽에 가서 친영하고, 이미 폐백을 마친 다음 수레를 타고 먼저 돌아와서, 대문 밖에서 기다린다. 아내가 이르면 예의대로 읍하고 들어간다. 당시 제나라 풍속은 친영을 하지 않았으므로 여자가 남편 집에 이르러서야, 비로소 남편이 자기를 기다리는 것을 본다."

엄찬(嚴粲)《시집 詩緝》: "예법에 오직 천자만 친영하지 않았고, 제후 이하는 모두 그것을 시행했다. 이 시는 경대부, 사(士)의 일을 말함으로써 그 중간층을 거론하여 상하를 분명히 하였다."

요제항(姚際恒)《시경통론 詩經通論》: "〈서 序〉에서 말하길 "당시에 친영하지 않은 것을 풍자하였다." 고 했다. 살피건대 이 시에서 친영을 말한 것이 반드시 그것을 반대로 풍자하고자 했다는 근거는 무엇일까? 만약 이와 같다면 무릇 찬미하는 것을 모두 풍자라고 해야 할 것이다."

진자전(陳子展)《시경직해 詩經直解》: 〈저 著〉는, 시인이 어떤 귀족여자를 위해서 시집가는 것을 스스로 서술하면서 그 남편이 친영하기를 희망한 가사다.《시서 詩序》는 근거할만하다.《시경》3가에서는 다른 의견이 없다. 송대 유학자 가운데는 새로운 학설이 없다. 만약 가요라고 본다면, 아마도 귀족여자가 시집가서, 여자들러리들이 서로 따라 부르는 가사일 것이다. 후세에 신부 들러리 가사의 찬송과 같은 점이 있다. 시의 매장 세 번째 구는 6,7언으로써 차례대로 구성되어있다. 매 구의 절반은 허자(虛字)를 드러내어 여음을 이끌면서 별도의 자태를 갖추고 있다. 일종의 유유자적하면서도 급박스럽지 않은 아름다운 맛이 있다."

여관영(余冠英)《시경선 詩經選》: "여자가, 남편이 친영한 것을 기록한 시다. 뜰 안은 신부와 신랑이 처음으로 만난 곳이다. "충이이소, 상이경화 充耳以素, 尙以瓊華"는 신랑이 그녀에게 준 최초의 인상이다."

원매(袁梅)《시경역주 詩經譯注》: "이것은 혼례에서 친영할 때, 신부가 부른 노래다. 그녀가 신랑의 용모와 옷, 장식의 성대함을 격찬한다. …

본 시의 세 장은 처음엔 문간에서 기다리는 것을 말하고, 그 다음엔 뜰에서
기다리는 것을 말하고, 마지막엔 대청에서 기다리는 것을 말한다. 바로
당시의 혼례의식을 반영한다."

　정준영(程俊英) ≪시경역주 詩經譯注≫: "이것은 어떤 여자가 그녀의 남편
이 친영하러 온 것을 쓴 시다."

　원유안(袁愈荌), 당막요(唐莫堯) ≪시경전역 詩經全譯≫: "여자가 자기를
친영 하러 온 약혼자를 보게 된 것이다."

　김계화(金啓華) ≪시경전역 詩經全譯≫: "이 시는 귀족남자가 신부를 맞이
하는 것을 쓴 시다."

　고형(高亨) ≪시경금주 詩經今注≫: "시의 주인공은 어떤 여자로서, 어느
부잣집 도령이 그녀의 집에 와서 그녀를 기다리며 장차 그녀와 함께 가려는
것을 쓴 것이다. 구설에는 남녀가 결혼할 때 남자가 여자 집에 와서 신부를
맞이하여 장가든다고 했는데 또한 이야기가 통한다."

　번수운(樊樹雲) ≪시경전역주 詩經全譯注≫: "제나라 풍속은 친영하지
않았고, 남편이 문에 있는 병풍에서 기다렸다. 여자가 와서 남편이 이미
자기를 기다리는 것을 보고서 이 시를 지었다."

　강음향(江陰香) ≪시경역주 詩經譯注≫: "이는 제나라 풍속에서 아내를
얻는 데 친영의 예를 행하지 않음을 풍자한 것이다."

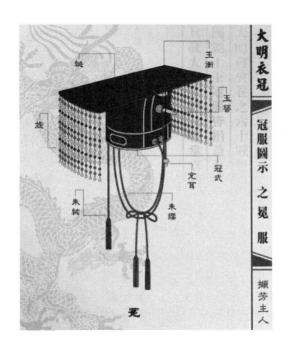

## 2. 〈거할 車舝〉[소아 小雅]①

| | | |
|---|---|---|
| 間關車之舝兮② | 간관거지할혜 | 삐걱삐걱하는 수레 굴대빗장 |
| 思孌季女逝兮③ | 사련계녀서혜 | 아리따운 신부 수레 타고 시집가네 |
| 匪飢匪渴④ | 비기비갈 | 굶주리지도 목마르지도 아니함은 |
| 德音來括⑤ | 덕음내괄 | 어진 덕 있는 이와 함께 있어서 |
| 雖無好友 | 수무호우 | 좋은 벗은 없지만 |
| 式燕且喜⑥ | 식연차희 | 잔치하고 기뻐하오 |
| | | |
| 依彼平林⑦ | 의피평림 | 한들거리는 저 평원의 숲에 |
| 有集維鷮⑧ | 유집유교 | 꿩이 모여 있구나 |
| 辰彼碩女⑨ | 진피석녀 | 어질고 훤칠한 저 아가씨 |
| 令德來教⑩ | 영덕내교 | 훌륭한 덕으로 가르침을 주네 |
| 式燕且譽⑪ | 식연차예 | 잔치하고 기뻐하오 |
| 好爾無射⑫ | 호이무역 | 당신 좋기만하고 싫음이 없으리 |
| | | |
| 雖無旨酒⑬ | 수무지주 | 맛있는 술 없어도 |
| 式飲庶幾⑭ | 식음서기 | 마셔주길 행여 바라며 |
| 雖無嘉殽⑮ | 수무가효 | 맛좋은 안주 없어도 |
| 式食庶幾 | 식식서기 | 먹어주길 행여 바라네 |
| 雖無德與女⑯ | 수무덕여여 | 당신만한 덕 없어도 |
| 式歌且舞 | 식가차무 | 노래하고 춤 추어요 |
| | | |
| 陟彼高岡 | 척피고강 | 저 높은 산등성이에 올라가서 |
| 析其柞薪⑰ | 석기작신 | 갈참나무 장작을 팬다 |
| 析其柞薪 | 석기작신 | 갈참나무 장작을 패니 |
| 其葉湑兮⑱ | 기엽서혜 | 그 잎새 무성하기도 하다 |
| 鮮我覯爾⑲ | 선아구이 | 다행이 내 그대를 만나 |
| 我心寫兮⑳ | 아심사혜 | 내 마음 풀렸네 |
| | | |
| 高山仰止㉑ | 고산앙지 | 높은 산 우러러 보며 |
| 景行行止㉒ | 경행행지 | 큰 길 따라 간다 |

| | | |
|---|---|---|
| 四牡騑騑<sup>㉓</sup> | 사모비비 | 네 필 수말 달리고 달리니 |

四牡騑騑<sup>㉓</sup>　　사모비비　　네 필 수말 달리고 달리니
六轡如琴<sup>㉔</sup>　　육비여금　　여섯 줄 고삐는 거문고 줄 같네
覯爾新昏<sup>㉕</sup>　　구이신혼　　당신을 만나 신혼이니
以慰我心　　이위아심　　내 마음 위안이 되네

## 시구 풀이

① 〈車舝 거할〉: 어떤 신랑이 신부를 친영하는 도중에 읊은 시다.
② 間關(간관): 의성어. 수레바퀴가 움직일 때 굴대빗장이 내는 소리
　　를 형용한다.
　　舝(할): 차축 양쪽에 꽂는 쇠로된 빗장. 轄(할)과 같다.
③ 思(사): 발어사.
　　孌(련): 아름다운 모양.
　　季女(계녀): 시집 갈 소녀.
　　逝(서): 가다. 수레를 타고 시집가는 것을 가리킨다.
④ 匪(비): ~이 아니다.
⑤ 德音(덕음): 훌륭한 덕과 어진 명성.
　　括(괄): 恬(괄)과 같고 '모이다'라는 뜻.
⑥ 式(식): 발어사.
　　燕(연): 宴(연)과 통하고, 연회를 베풀다라는 뜻.
⑦ 依(의): 숲이 울창한 모양.
　　依彼(의피): 연약한 나뭇가지가 바람에 한들거리는 모양을 가리킨다.
　　平林(평림): 평원 위의 숲.
⑧ 鷮(교): 꿩의 일종으로 꼬리가 매우 길다.
⑨ 辰(진): 어질다. 선량하다.
　　碩女(석녀): 美女(미녀). 고대에는 체격이 큰 것을 미(美)로 삼았다.

⑩ 令德(영덕): 미덕.

⑪ 譽(예): 豫(예)와 같다. '기뻐하다'.

⑫ 好(호): 사랑하다.

爾(이): 너. 季女(계녀)를 가리킨다.

射(역): 斁(역)과 같다. 싫어하다.

⑬ 旨(지): 맛있다.

⑭ 庶幾(서기): 아마도 ~할 것이다. 바라는 마음을 포함하고 있다.

⑮ 殽(효): 肴(효)와 통한다. 안주.

⑯ 與(여): 서로 짝하다.

女(여): 汝(여)와 같다. 너.

⑰ 析(석): 도끼로 쪼개 가르다.

柞(작): 갈참나무. 고대인들은 결혼할 때 장작을 패서 횃불을 만들었다. 이 때문에 장작을 쪼개는 것으로써 결혼의 친영을 대신 가리킨다.

⑱ 湑(서): 나뭇잎이 연하고 무성한 모양.

⑲ 鮮(선): 다행히.

覯(구): 만나다.

⑳ 寫(사): 분노나 울분을 풀다. 근심을 해소하는 것을 말한다.

㉑ 仰(앙): 우러러 보다.

止(지): 어기사.

㉒ 景行(경행): 큰 길.

行(행): 걷다.

㉓ 騑騑(비비): 말이 쉬지 않고 달리는 모양.

㉔ 如琴(여금): 여섯 줄의 말고삐가 거문고 줄처럼 가지런히 조화를 이루는 것을 형용한다.

㉕ 昏(혼): 婚(혼)과 같다. 결혼.

## 감상과 해설

〈거할 車舝〉이 시는 어떤 신랑이 신부를 친영할 때 한없이 기뻐하는
마음을 묘사한다.

전체 시는 5장으로 나뉜다.

제 1장은 신랑이 기쁜 마음으로 수레를 몰고 신부를 맞이하러 가서
신부와 함께 수레를 타고 돌아오는 것을 썼다. 돌아오는 도중에, 그는
진심으로 신부에 대한 사랑을 표현했다. "굶주리지도 목마르지도 아니함은
어진 덕 있는 이와 함께 있어서, 비기비갈 덕음래괄 匪飢匪渴 德音來括"의
의미는 자기가 배고프고 목마른 것처럼 당신을 필요로 하는 이유는 단지
당신의 외모가 아름답기 때문만은 아니다. 더욱 중요한 것은 당신의 품성이
어질고 현명하기 때문이다.

제 2장 첫 두 구는 친영하여 돌아오는 길에 만난 풍경 즉 평원, 숲,
꿩 을 묘사했다. 고대에는 친영을 황혼에 했기 때문에 여기서는 저녁때의
광경을 묘사했다. 저녁 무렵 꼬리가 긴 꿩들이 숲의 한가운데에 모이는데,
숲은 그들이 돌아가 머무는 곳이기 때문이다. 이것은 보이는 경물로써
흥을 일으켜 수레 위에 앉아 있는 신부를 친영해서 마침내 자기의 집에
왔음을 나타낸 것이다. '어질고 훤칠한 저 아가씨 훌륭한 덕으로 가르침을
주네, 진피석녀 영덕내교 辰彼碩女 令德來敎'는 선량하고, 키가 크고,
건강한 이 신부가 장차 미덕으로써 남편을 일깨울 것임을 말했다. 이것은
신부에 대한 신랑의 존경과 애모를 표현한 것이다. 그리고 그는 그녀에
대한 사랑이 일시적인 열애가 아니라, "당신 좋기만하고 싫음이 없으리,
호이무역 好爾无射" 즉 영원히 서로 사랑하여 싫증 내지 않는 것이다.

제 3장은 신부에 대한 신랑의 존경이 마치 손님 대하는 듯한 태도라고
묘사한다. 그는, 신부가 신혼집 연회에서 즐겁게 술 마시고, 음식을 먹으며,

또한 가무로써 흥을 돋을 수 있기를 바란다. "당신만한 덕 없어도, 수무덕여녀 雖無德與女"는 신랑의 겸손한 말로써, 그 뜻은 자신이 미덕이 없어서 신부에게 어울리지 않고, 신부보다 못하다고 말한다. 여기서는 1,2장에 이어 세 번째로 신부의 '덕'을 찬미했다. 신랑이 덕을 얼마나 중요한 위치에 놓고 있는지 알 수 있다.

제 4장은 신랑이 친영하고 돌아오는 도중에 산을 오르고 고개를 넘는 기쁜 마음을 서술한다. 여기서는 연이어서 네 개의 흥구를 사용했고, 기쁜 감정이 내달리는 것을 표현했다. 뒤의 두 구 "다행이 내 그대를 만나 내 마음 풀렸네, 선아구이 아심사혜 鮮我覯爾 我心寫兮"는 즉 자신이 이런 훌륭한 신부에게 장가갈 수 있다는 것이 다행스러워, 약간의 근심이 있었던 것조차도 모두 깨끗이 해소될 수 있다. 이야말로 정말 한 번의 즐거움이 백가지 병을 치료한다는 것이다.

제 5장은 신랑과 신부가 산 옆 큰길 위에서 함께 수레를 타고 갈 때의 기쁜 마음을 썼다. "높은 산 우러러 보며 큰 길 따라 간다, 고산앙지 경행행지 高山仰止 景行行止"는 높은 산을 바라보며, 큰길을 걸어가는 것을 말한다. "고산 高山", "경행 景行"으로써 비유를 삼았으니, 정취가 얼마나 넓은가! "네 필 수말 달리고 달리니 여섯 줄 고삐는 거문고 줄 같네, 사모비비 육비여금 四牡騑騑 六轡如琴"은 네 마리 말이 친영하는 수레를 끌고, 6줄의 말고삐가 조화되는 것이 거문고 줄과 같다고 말한다. "비비 騑騑", "여금 如琴"으로써 비유를 했으니, 신혼 부부사이가 또 얼마나 잘 어울리는가!

이 시가는 신부의 아름다움을 찬양하면서 덕을 위주로 한다. 1장의 "덕음내괄 德音來括", 2장의 "영덕내교 令德來敎, 3장의 "수무덕여여 雖無德與女", 마지막장의 "고산앙지 경행행지, 高山仰止 景行行止"는 모두 신부의 고상한 품덕을 찬미하여, 중국 고대의 정확한 애정관을 표현했다. 이 시의 1, 3, 5장은 부체(賦體)를 사용해서 신부를 직접 맞이하여 오는 도중의

기쁨을 묘사했다. 2, 4장은 홍체(興體)를 사용하여, 신부에 대한 애모를
표현했다. 시 전체에서 신랑이 신부를 친영하여 오는 도중의 기쁜 마음을
충분히 표현했다.

《모시서毛詩序》: "〈거할 車舝〉은 대부가 유왕(幽王)을 풍자한 것이다.
포사(褒姒)가 질투하여 무도하고, 또한 교묘하게 참소를 하여 나라를 망쳤으
니 은덕이 백성에게 보태지지 않았다. 주나라 사람들은 어진 여자를 얻어
임금의 배필로 삼으려고 생각했기 때문에 이 시를 지었다."

정현(鄭玄) 《모시전전 毛詩傳箋》: "서(逝)는 가다란 뜻이다. 대부가 포사
의 악한 짓을 싫어했다. 그래서 수레를 빈틈없이 준비하여 빗장을 설치하고
사랑스럽고 아름다우며 단정하고 장엄하다는 평판이 있는 처녀를 맞이하여
유왕의 배필로 삼아 포사를 대신하고자 생각한 것이다. 어리고 아름다울
뿐만 아니라 단정하고 장엄하여 거의 당시의 왕과 뜻을 맞출 수 있었다.
당시에 교묘히 참소하고 나라를 망치게 하며 아래로 백성들이 뿔뿔이 흩어졌
으므로 대부는 급히 시집올 처녀를 맞이하려 한 것이다."

주희(朱熹) 《시집전 詩集傳》: "이것은 신혼의 잔치를 벌이고 즐기는
시다."

방옥윤(方玉潤) 《시경원시 詩經原始》: "어진 친구가 정숙한 여자를 배필
로 얻음을 축하한 것이다."

진자전(陳子展) 《시경직해 詩經直解》: 〈거할 車舝〉은 마치 어진 여자를
임금의 배필로 얻는다고 생각한 것이라기보다는 바로 시인 자신이 여자를
구한다고 말하는 시다. 시에서 '나'라고 일컬은 것은 시인 자신이거나, 시

속의 주인공인 나를 대신한 것으로서 시인 자신이 군주 계급의 인물이다. 季女(계녀), 碩女(석녀)라고 호칭한 것은 여자의 3인칭이다. 간단히 女(여), 爾(이)라고 칭한 것은 여자의 2인칭이다. 모두 어진 여자를 가리킨다.

시 형식은 잔치를 벌이고 즐기며, 노래하고 춤춘다는 형식이다. 모두 손님을 초대하고 잔치를 베풀어 축하를 받고 혼례로 음악을 거행함을 말한다. 〈초자 楚茨〉(*〈소아 곡풍지습 小雅 谷風之什〉에 있는 편명)로부터 〈거할 車舝〉에 이르는 10편에 대해 〈모서 毛序〉는 모두 유왕을 풍자하며 지금을 슬퍼하고 옛날을 그리워하는 작품으로 여긴다.

이는 모두 근거하는 바가 있다. 즉 《순자대략편 荀子大略篇》에 이르길, 〈소아 小雅〉는 교만한 임금에게 쓰여지지 않고, 스스로 이끌어 아래에 처신했다. [주(注): 이(以)는 이용하다. 오상(汚上)은 교만한 임금이다. 말하자면 〈소아 小雅〉를 지은 사람은 교만한 임금에게 등용되지 않고, 스스로 이끌어 소원하게 했다.] 지금의 정치를 싫어하여 지나간 것을 생각하니 그 말에는 문채가 있고, 그 소리에는 애달픔이 있다. (주(注): 〈소아小雅〉는 유왕(幽王)과 려왕(厲王)을 많이 풍자하고 문왕(文王)과 무왕(武王)을 그리워한다.) 모공(毛公)의 학문은 과연 순경(荀卿)에서 나온 것인가?'

정준영(程俊英) 《시경역주 詩經譯注》: "이것은 한 시인이 친영하는 도중에 읊은 시다. 《좌전 左傳》 소공(昭公) 25년에 '숙손약(叔孫婼)이 송나라에 가서 여자를 맞이하고, 〈거할 車舝〉을 지었다.'고 하였다. 그것은 확실히 신혼을 노래한 시임을 알 수 있다."

번수운(樊樹雲) 《시경전역주 詩經全譯注》: "이는 갓 결혼한 남자가 친영하는 것을 서사로 묘사한 시다."

양합명(楊合鳴), 이중화(李中華) 《시경주제변석 詩經主題辨析》: "〈거할 車舝〉은 바로 이렇게 신부를 맞이하는 노래이다. 기복이 심한 도로에서 친영하는 마차가 질주한다. 수레를 탄 남자는 현실의 도취와 미래의 상상

속에 잠긴다. 수레 굴대 빗장은 차축을 마찰하여, 삐걱거리는 소리를 낸다. 그가 듣기에 이것은 세상에서 가장 아름다운 음악이다. 그래서 그의 마음속에는 친영하는 노래가 이렇게 울려 퍼지기 시작했다."

원유안(袁愈荌), 당막요(唐莫堯) 《시경전역 詩經全譯》: "신혼의 연회를 베푼다."

고형(高亨) 《시경금주 詩經今注》: "작자는 귀족의 여자를 아내로 얻어, 이 시를 짓고, 그의 기쁨을 표현하며 그녀에 대한 진실한 사랑을 나타냈다."

김계화(金啓華) 《시경전역 詩經全譯》: "신혼의 즐거움을 묘사했고, 신부의 아름답고 어짊을 찬양했다. 시가 처음 시작하자마자 수레를 묘사하고, 끝맺음에도 수레로 묘사하니 호응이 자연스럽다."

강음향(江陰香) 《시경역주 詩經譯注》: "이 신혼의 시는 어진 여자를 얻어 아내로 삼은 것을 칭찬하고, 그래서 또 마땅히 술을 마시면서 즐기는 것이다."

## 3. 〈북풍 北風〉 [패풍 邶風]①

| | | |
|---|---|---|
| 北風其凉 | 북풍기량 | 북풍은 매섭게 불고 |
| 雨雪其雱② | 우설기방 | 눈이 펑펑 쏟아지네 |
| 惠而好我③ | 혜이호아 | 따뜻하게도 날 사랑하며 |
| 携手同行 | 휴수동행 | 손을 잡고 함께 가네 |
| 其虛其邪④ | 기허기사 | 느리게 천천히 가련만 |
| 旣亟只且⑤ | 기극지저 | 이미 빨라졌네 |
| | | |
| 北風其喈⑥ | 북풍기개 | 북풍은 휘몰아치고 |
| 雨雪其霏⑦ | 우설기비 | 눈이 펄펄 휘날리네 |
| 惠而好我 | 혜이호아 | 따뜻하게도 날 사랑하며 |
| 携手同歸⑧ | 휴수동귀 | 손을 잡고 함께 돌아가네 |
| 其虛其邪 | 기허기사 | 느리게 천천히 가련만 |
| 旣亟只且 | 기극지저 | 이미 빨라졌네 |
| | | |
| 莫赤匪狐⑨ | 막적비호 | 붉어서 여우가 아닌 게 없고 |
| 莫黑匪烏⑩ | 막흑비오 | 검어서 까마귀 아닌 게 없네 |
| 惠而好我 | 혜이호아 | 따뜻하게 날 사랑하며 |
| 携手同車 | 휴수동거 | 손을 잡고 함께 수레에 타네 |
| 其虛其邪 | 기허기사 | 느리게 천천히 가련만 |
| 旣亟只且 | 기극지저 | 이미 빨라졌네 |

### 시구 풀이

① 〈북풍 北風〉: 아내를 맞이하는 것을 묘사한 시가다.
  邶風(패풍): 고대 패 나라의 시가. 옛날 패 나라는 지금의 하남성 북부다.
② 雨雪(우설): 눈이 내리는 것.
  雱(방): 눈이 많이 내리는 것.

③ 惠(혜): 온유하고 청순하다.

　好(호): 좋아하다, 사랑하다.

④ 虘(허): "舒(서)"의 가차자(假借字)로 느리다. 늦추다.

　邪(사): "徐(서)"의 가차자로 완만하고 느리다.

⑤ 亟(극): 속도가 빠른. 쾌속의.

　只且(지저): 어기사.

⑥ 喈(개): 바람이 빠르게 부는 소리.

⑦ 霏(비): 눈이 펑펑 쏟아지는 모양.

⑧ 歸(귀): 시집가다.

⑨ 莫赤匪狐(막적비호): 붉지 않은 것은 여우가 아니다.

⑩ 莫黑匪烏(막흑비오): 검지 않은 것은 까마귀가 아니다.


**감상과 해설**

〈북풍 北風〉은 아름다운 아내를 맞이하는 시다.

상고시대의 풍속은 추운 겨울에 아내를 맞이했고 게다가 신랑이 직접 아내를 맞으러 갔는데 이것을 '친영(親迎: 신부맞이)'이라 불렀다. 이 시는 신부의 어조로 '친영'에 대한 한 폭의 정경을 묘사했다.

전체 시는 모두 3장으로 되어있다.

제 1장은 살을 에는 듯한 추운 바람이 불고 큰 눈이 펑펑 쏟아지는 겨울날, 신랑이 신부를 맞이하러 가는 것을 묘사했다. 그는 신부의 손을 잡아 그녀가 수레에 오르는 것을 도와주고 자신은 바로 신부의 곁에 앉았다. 신부는 신랑의 온정을 몸소 느끼고 '신부맞이'하는 수레가 조금 느리게 움직이길 바라며, 마음속으로 수레꾼이 수레를 빨리 몰고 가는 것을 원망했다. 그녀는 한편으로 자신의 친정을 떠나는 것을 몹시 아쉬워하면서도,

다른 한편으로는 이 일생의 오직 한번뿐인 친영 장면을 차마 떨치지 못하는 것이다.

제 2장에서는 북풍이 더욱 맹렬히 몰아치고, 눈송이가 더 커져서 펑펑 내리는 것을 묘사했다. 신랑이 신부의 손을 끌어 잡고 두 사람이 함께 친영의 수레에 앉았다. 그녀는 수레가 좀 더 천천히 움직이길 바라면서 마음속으로 수레꾼이 수레를 빨리 몰면 안 된다고 책망했다. 그녀는 바깥의 매서운 추위와 눈바람을 전혀 개의치 않고, 오히려 가는 여정의 시간이 양껏 연장되길 바라는데, 이것은 그녀가 신랑의 온정 속에 도취되었기 때문이다.

제 3장의 "붉어서 여우가 아닌 게 없고 검어서 까마귀 아닌 게 없네, 막적비호 막흑비오 莫赤匪狐 莫黑匪烏"는 붉어서 여우 아닌 게 없고, 검어서 까마귀가 아닌 것이 없다는 점을 말하는데, 바로 여우는 붉어야하고 까마귀는 검어야 하는 것으로서 모든 것은 순수해야 한다는 말이다. 이것은 남녀가 서로 사랑하려면 순순한 감정이 있어야 함을 은근히 비유한 것이다. 수레위에 앉아있는 신부는 신랑에게서 '손을 잡고 함께 수레에 타네, 휴수동거 携手同車'의 행복을 느끼고, 그녀에 대한 신랑의 진정한 사랑에 그녀는 매우 만족스럽다. 그래서 비록 수레가 꼭 빨리 가는 것은 아닌데도 그녀는 여전히 수레가 천천히 가길 바라고, 이 기쁘고 즐거운 노정이 연장되길 바란다.

이 시는 한 쌍의 신랑 신부가 친영의 도중에서 갖는 사랑스런 분위기와 신부의 비할 나위 없는 감격스런 심리상태를 생동감 있게 묘사했다.

《모시서 毛詩序》: "〈북풍 北風〉은 잔학함을 풍자했다. 위나라가 합병하여 위협하고 학대하자 백성은 임금을 가까이 하지 않고, 서로 이끌며 떠나가지 않는 자가 없었다."

주희(朱熹)《시집전 詩集傳》: "'북풍우설 北風雨雪'을 언급하여 나라의 위태로움과 어지러움이 장차 이를 것임을 비유하여 분위기가 매우 슬프다. 그러므로 서로 사랑하는 사람과 함께 그것을 피해 떠나고자 하면서 또 말한다. '이것이 오히려 마음이 편하고 시원하다 할 수 있는 것인가? 저 환란의 핍박이 너무 심하니 속히 도망가지 않을 수 없다.'"

요제항(姚際恒)《시경통론 詩經通論》: "이 시는 당연히 현자가 위태로움을 드러낸 작품이므로 꼭 백성을 언급할 필요는 없다.

진자전(陳子展)《시경직해 詩經直解》: "〈북풍 北風〉은 가혹함을 풍자했다. 백성들이 서로 피난 갈 것을 약속한 시다."

"《시서 詩序》가 옳다. 금·고문가들도 심한 논쟁이 없었다. 송대의 유학자가 《시서 詩序》를 힘써 공격하자 청대 한학가는 송유를 반격했다.

주학령(朱鶴齡)이 말했다. '이 시는 차거운 눈, 바람이 만물을 병들게 하는 것을 가지고 위나라의 정치가 백성에게 가혹한 병해를 끼치는 것'을 흥(興)했다. 《서 序》에서 이르는 바, 즉 '합병해서 위협하고 학대를 가하자 백성이 임금을 가까이 하지 않았다'는 것은 바로 북풍으로 흥(興)을 일으킨 것이다. 《변설 辨說》에서 이르기를, 위나라는 음란함으로써 나라를 망쳤으나 위협과 학대가 있었다는 것을 듣지 못했다고 했는데 무릇 나라를 망친 정치에서 누가 위협하고 학대를 하지 않았겠는가? 주우(州吁)는 전쟁을 좋아하고, 선공(宣公)은 아들을 죽였으니, 위력으로 학대했음을 알 수 있다.

어찌하여 듣지 못했다고 하겠는가?

　이것은 주자를 반박한 것이다. …… 《서 序》에서 말하는 백성은 곧 《시 詩》, 《서 書》 시대의 백성이므로 당시 그 시기의 일반 귀족을 두루 가리키는 것이다. 또 허둥지둥 피난할 때, 느리게 가는 수레가 있었으니 분명히 서민은 아니다. 귀족이 이와 같았으니, 서민의 끊임없는 고통은 어떠했겠는가!"

　여관영(余冠英) 《시경선 詩經選》: "이 시는 가혹함을 풍자한 시다. 위나라가 협박 정치를 하자 시인이 그의 친구를 불러 함께 손을 잡고 떠나가자고 한 것이다."

　원매(袁梅) 《시경역주 詩經譯注》: "1, 2장 첫 구는 모두 풍설(風雪)로 흥(興)을 불러 일으켜 일종의 스산하고 쓸쓸한 분위기를 구성하였다. 이것으로써 위나라의 매우 슬픈 분위기 및 위태로움과 혼란이 장차 이르게 되어 백성이 안심하고 생활할 수 없는 상황을 비유했다. 3장은 또한 착취하는 통치자를 여우와 까마귀로 비유하여 아주 통쾌하게 질책했다. 주대(周代)의 암담한 사회현실을 힘차게 반영했고, 고대 노동인민들이 착취계급에 대해 이를 가는 증오와 원한을 표현했다."

　원유안(袁愈荌), 당막요(唐莫堯) 《시경전역 詩經全譯》: "연인이 서로 사랑하여, 눈보라가 휘몰아치는데도 함께 돌아가기를 바랐다."

　남국손(藍菊蓀) 《시경국풍금역 詩經國風今譯》: "본 편이 말하는 것은 바로 한 쌍의 연인이 서로 손을 잡고 의지하며 가는 것이다."

　번수운(樊樹雲) 《시경전역주 詩經全譯注》: "본 시는 한 쌍의 연인이 눈보라가 휘몰아칠 때 초조히 다른 곳으로 도망가는 것을 서술했고, 변치 않는 사랑을 표현했다."

## 4. 〈유녀동거 有女同車〉【정풍 鄭風】[1]

| | | |
|---|---|---|
| 有女同車[2] | 유녀동거 | 함께 수레를 탄 아가씨 |
| 顔如舜華[3] | 안여순화 | 무궁화 같은 아름다운 얼굴 |
| 將翶將翔[4] | 장고장상 | 나는 듯한 걸음걸이마다 |
| 佩玉瓊琚[5] | 패옥경거 | 패옥이 아름답네 |
| 彼美孟姜[6] | 피미맹강 | 저 아름다운 강씨네 맏딸 |
| 洵美且都[7] | 순미차도 | 진실로 아름다워라 |
| | | |
| 有女同行 | 유녀동행 | 함께 수레타고 가는 아가씨 |
| 顔如舜英[8] | 안여순영 | 무궁화 같은 아름다운 얼굴 |
| 將翶將翔 | 장고장상 | 나는 듯한 걸음걸이마다 |
| 佩玉將將[9] | 패옥장장 | 패옥 소리 낭낭하네 |
| 彼美孟姜 | 피미맹강 | 저 아름다운 강씨네 맏딸 |
| 德音不忘[10] | 덕음불망 | 고운 말씨 잊지 못하겠네 |

### 시구 풀이

① 〈유녀동거 有女同車〉: 아내를 맞이하는 시[영혼시 迎婚時]로, 한 남자가 아름다운 아내를 얻고 입을 다물지 못하여 감탄하는 시다.
鄭風(정풍): 춘추 전국시대 정(지금의 하남성 중부) 나라의 시가.

② 同車(동거): 남자가 수레를 몰고 여자의 집에 가서 아내를 맞이하는 것을 가리킴.

③ 顔(안): 얼굴 생김새. 용모.
舜華(순화): 목근화(木槿花 무궁화) 華(화)는 花(화)의 옛 글자체.

④ 將翶將翔(장고장상): 여자의 걸음걸이가 유연[경쾌]하고 우아해서 아름다움이 마치 날개를 펴고 하늘을 나는 모양과 같음을 형용한 것이다.

⑤ 琼琚(경거): 패옥의 이름(허리에 차는 구슬).

⑥ 孟姜(맹강): 고대 미녀의 공통적인 이름.

⑦ 洵(순): 진실로. 정말로. 확실히.

都(도): 편안하고 우아하다. 조용하다. 부드럽다. 얌전하다.

⑧ 舜英(순영): 舜華와 같은 뜻.

⑨ 將將(장장): 鏘鏘(장장). 금속이나 옥이 부딪치면서 나는 소리. 의성어로 쟁쟁, 딸랑.

⑩ 德音(덕음): 아름다운 언변. 훌륭한 말. 일설에는 덕행이라고도 한다.

不忘(불망): 두 가지 뜻이 있다. 하나는 잊어버리지 못하다. 하나는 … 해 마지 않다.

## 감상과 해설

〈유녀동거 有女同車〉는 신랑이 수레를 몰고 자신의 신부를 맞이하러 가서, 그녀와 함께 수레를 타고 함께 오는 시다. 신부의 아름다움에 대해 그가 감탄해 마지않는다.

전체 시는 모두 2장으로 되어있다.

제 1장은 "함께 수레를 탄 아가씨 무궁화 같은 아름다운 얼굴, 유녀동거 안여순화 有女同車 顔如舜花" 두 구로 시작한다. 이는 신랑이 신부의 아름다운 용모를 칭찬하는 부분이다. 신랑이 수레를 몰고 신부를 맞이하기 위해 신부의 집에 도착했을 때, 신부의 얼굴을 보니 꽃과 같이 아름다운 모습이었다.

"나는 듯한 걸음걸이마다 패옥이 아름답네, 장고장상 패옥경거 將翶將翔 佩玉琼琚"는 신부 걸음걸이의 아름다움을 묘사했다. 고대 풍속은 신랑이 신부를 맞이할 때, 주인[장인]이 신부를 데리고 신랑에게 건네주면 신랑은 바로 신부를 이끌어 수레에 태운다. 이때 신부가 유연하고 경쾌하게 걷는

모습을 신랑이 자세히 본다. 또한 신부의 몸에 달린 패옥[허리띠를 장식한
구슬]이 한걸음에 한번 흔들리며 걸어감에 따라 자연스레 딸랑 딸랑 울려서
소리가 난다. 신부의 아름다운 용모와 유연한 자태를 보고, 귀를 즐겁게
하는 패옥의 소리를 듣는다. 이에 신랑은 참지 못하며 "저 아름다운 강씨네
맏딸 진실로 아름다워라, 피미맹강 순미차도 彼美孟姜 洵美且都"라고 칭찬
한다. 여기서 '맹강 孟姜'은 오로지 어떤 한 여자를 지칭하는 것이 아니라
고대 미녀들의 공통적인 이름이다. 이는 신랑이 신혼의 아내가 마치 고대
미녀들과 같이 아름답고 예쁘며 우아하다고 여긴 것이다.

　제 2장의 내용 역시 신부의 얼굴이 꽃과 같이 아름다운 모습이라고
감탄하는 것이다. 신부가 걸을 때 걸음걸이의 유연한 자태와 신부가 발걸음
을 뗄 때마다 나는 패옥의 소리를 묘사하고 있다.

　마지막 두 구 "저 아름다운 강씨네 맏딸 고운 말씨 잊지 못하겠네, 피미맹강
덕음불망 彼美孟姜 德音不忘"은 앞의 제 1장처럼 약간만 변화한다. "덕음불
망 德音不忘"은 아름다운 말을 잊을 수 없다는 뜻이다. 수레 위에서 신랑과
신부는 함께 얘기를 하며 큰 약속을 한다. 우리는 비록 그들이 무슨 이야기를
했는지 모른다. 그러나 입을 다물지 못하는 신랑의 감탄과 고상하면서
활발한 신부를 통해서 본다면 이 한 쌍의 신혼부부는 틀림없이 수레위에서
은밀한 이야기로 굳게 맹세했을 것이 틀림없다. 그래서 신랑은 신부를
맞이하는 수레 위에서 신부와 같이 약속한 사랑의 맹세를 영원히 잊지
못하겠다고 표현했다.

　시에서 남자 주인공은 마음에 꼭 드는 아내를 얻었으므로 그는 아내의
"덕음 德音"을 영원히 잊지 않겠다는 것을 표현하였다. 이것이 참으로 아름답
고 원만하며 또 굳은 지조로써 변치 않는 애정인 것이다.

## 역대 제가의 평설

《모시서 毛詩序》: "〈유녀동거 有女同車〉는 홀(忽)을 풍자했다. 정나라 사람은 홀이 제(齊)나라와 혼인하지 않은 것을 풍자했다. 태자 홀은 일찍이 제나라에 공이 있어, 제후가 그에게 딸을 아내로 삼아주겠다고 제안했다. 제나라 여인이 현명한데도 불구하고 홀이 그녀를 취하지 않았다. 마침내 큰 나라의 도움이 없어져 쫓기게 되었다. 그래서 나라 사람들이 그것을 풍자했다."

주희(朱熹) 《시집전 詩集傳》: "이것은 혹시 사통한 시가 아닐까 한다. 수레를 같이 탄 여자를 두고 이렇게 아름답다고 말한다. 또 그것을 감탄하여 저 아름다운 얼굴의 미녀는 정말로 아름답고도 고상하고 말한다."

엄찬(嚴粲) 《시집 詩緝》: "홀이 약해서 쫓겨나자 나라 사람들은 그가 제나라 여자를 취하지 않은 것을 원망했다. 홀이 다른나라의 여자를 취하여 신부를 맞으러 가는 의식을 행하고 그와 수레를 같이 타는 사람을 말했는데, 특히 그 미색을 취했다. 여기서 말하는 미색은 마치 무궁화 꽃처럼 아침에 피었다가 저녁에 시들기 때문에 의지하기에 부족하다. 그래서 지금 여기에서 더 비상하여 그 아름다운 경거패옥을 찼으나 한낱 위엄 있는 복식을 갖춘 것만 볼만했지 일에는 무익한 것이다. 어찌 저 아름다운 제나라의 장녀만큼 정말 아름답고 고상하겠는가? 이전에 홀이 그에게 장가갔더라면 대국의 도움을 받아 쫓겨나게 되지는 않았을 것이다."

요제항(姚際恒) 《시경통론 詩經通論》: "〈소서〉에서 홀을 풍자했다고 일컬었으나 반드시 옳은 것은 아니다. 해석한 사람이 수레를 함께 탄 것을 신부를 맞이하는 친영으로 여겼기 때문이다. 그러나 신부를 맞이하는 것이 어찌 수레를 함께 타는 것인가? 분명히 잘못 해석 한 것이다."

진자전(陳子展) 《시경직해 詩經直解》: "〈유녀동거 有女同車〉는 아마도 시인은 태자 흘[소공 昭公]이 진(陳)나라로 가서 부인 규(嬀)를 맞이하고 제나라와 혼인하지 않은 것을 풍자하여 지은 것이리라." "《주전 朱傳》에 이르는 바와 같이 '이것은 아마도 의심컨대 또한 사통한 시 같다.'고 해석하는 것은 사람들의 비웃음을 받는다. 이를 논박한 자가 있어 이르기를 '사통한 시라고 생각하는 것은 특별히 주자의 〈정풍 鄭風〉에 대한 주관적인 생각일 따름이다. 지금의 경문에 입각해서 해석을 보면, 동거(同車)라는 것은 신부를 맞이할 때 수레의 끈을 주어 오르게 하는 예법이다. 동행(同行)이라는 것은 수레를 몰아 세 바퀴를 돈 상태이다. 패옥(佩玉)을 말하자면 정식 걸음걸이로 걸을 때의 절주이다. 맹강(孟姜)을 말하자면 원래 제나라의 귀족이다. 저 〈진유 溱洧〉의 농짓거리와 〈상중 桑中〉의 맞이 하는 것이 이와 같이 위엄 있고 화려한 장식으로 귀와 눈을 밝히는 것이 있겠는가? 이것은 조문철(趙文哲)이 《유암아당별집 有嫏雅堂別集》에서 말한 것으로서 《주전 朱傳》의 웃기고 교묘한 말을 반박했다."

문일다(聞一多) 《풍시유초 風詩類抄》: '친영을 기록한 것이다. 소공 16년에 《좌전 左傳》에서 자기(子旗)가 지은 〈유녀동거 有女同車〉를 선자(宣子)가 친압하고 좋아하는 시'라고 여겼다."

원매(袁梅) 《시경역주 詩經譯注》: "한 남자가 미려하고 정숙한 아내를 맞이하여 참으로 찬탄해 마지 않았다."

정준영(程俊英) 《시경역주 詩經譯注》: "이 시는 귀족남녀의 연가다. 남자 측의 마음에 든 강씨네 큰 딸은 용모의 아름다움뿐만 아니라 인품이 좋고 마음도 아름다워서 그로 하여금 잊기 어렵게 한다."

고형(高亨) 《시경금주 詩經今注》: "귀족 남자와 강씨성의 아름다운 귀족 여자가 함께 수레를 타고 가는데, 이 시를 지어 그녀를 찬양하고 있다."

원유안(袁愈荌) 당막요(唐莫堯) 《시경전역 詩經全譯》: "함께 수레를 타고 있는 맹강 아가씨를 찬미했다.”

남국손(藍菊蓀)《시경국풍금역 詩經國風今譯》: “이 시는 남자와 여자가 같이 수레를 타고 가는 과정을 서술한 시가다. 그 남자의 마음속에서 아가씨의 용모가 얼마나 아름답고 패옥이 얼마나 장엄하며 태도가 얼마나 고상하던지, 마침내 ‘덕음불망 德音不忘’의 정도에 이르렀다. 보아하니 그는 마치 짝사랑 병에 걸린 것 같다.”

김계화(金啓華)《시경전역 詩經全譯》: “남녀가 함께 수레를 타고 즐겁게 여행하러 나갔다.”

번수운(樊樹雲)《시경전역주 詩經全譯注》: “이 시는 사랑하는 한 쌍의 연인이 함께 교외로 소풍 나가는 것이다. 젊은 남자는 찬미의 시를 지어 그의 연인에 대한 깊은 사랑을 표현했다.”

강음향(江陰香)《시경역주 詩經譯注》: “이 시는 정나라 백성이, 태자 홀이 제나라와 혼인하지 않은 것을 풍자했다. 제나라 여인은 매우 현명하였는데, 그가 끝내 장가가지 않아서 대국의 도움을 잃었다.”

# 四

# 회혼(悔婚: 파혼의 회한)

　《시경》시대, 봉건사회 초기에 많은 여자들은 자기 스스로 결혼할 권리가 없었다. 여자들은 반드시 "부모지명 매작지언(父母之命, 媒妁之言: 부모의 명령, 중매쟁이의 말)"의 규칙에 따라서, 생면부지의 남자에게 시집가야 했다. 이러한 봉건시대의 독단적인 혼인 절차에서, 만약 독단으로 혼사를 처리하는 자가 도중에 마음이 변하면 설사 당사자가 동의하더라도 혼약은 깨어지게 된다. 독단자는 부모이고, 피해를 받는 자는 딸이다.

　〈봉 丰〉(정풍 鄭風) 시에서 아가씨는 이러한 비극적인 운명에 부딪힌다. 부모는 그녀의 혼사 문제를 독단적으로 처리하고, 신랑은 혼약에 따라 수레를 몰고 신부를 맞이하러 온다. 아가씨는 신랑의 용모가 수려하고, 신체가 건장한 것을 보고 매우 만족한다. 그녀는 부모가 이 혼사에서 마음을 바꿀 것이라고는 결코 예측하지 못했는데, 부모는 딸을 신랑에게 보내지 않고, 신부 맞이 수레를 빈 수레로 돌려보냈다. 아가씨는 자신이 신랑과 함께 가지 못함을 후회하며, 신랑이 다시 한번 신부 맞이 수레를 몰고 그녀를 데리러 오는 것을 상상한다.

# 1. 〈봉 丰〉[정풍 鄭風]①

| | | |
|---|---|---|
| 子之丰兮② | 자지봉혜 | 통통하게 보기 좋은 그대 |
| 俟我乎巷兮③ | 사아호항혜 | 골목에서 날 기다렸는데 |
| 悔予不送兮④ | 회여불송혜 | 내 전송하지 못함을 후회하노라 |
| | | |
| 子之昌兮⑤ | 자지창혜 | 건장한 그대 |
| 俟我乎堂兮⑥ | 사아호당혜 | 날 대청에서 기다렸는데 |
| 悔予不將兮⑦ | 회여불장혜 | 내 배웅하지 못함을 후회하노라 |
| | | |
| 衣錦褧衣⑧ | 의금경의 | 비단 옷에 홑옷을 걸치고 |
| 裳錦褧裳⑨ | 상금경상 | 비단치마에 홑치마를 덧입었으니 |
| 叔兮伯兮⑩ | 숙혜백혜 | 숙이여 백이여 |
| 駕予與行⑪ | 가여여행 | 수레 몰아 나와 함께 가오 |
| | | |
| 裳錦褧裳 | 상금경상 | 비단치마에 홑치마 덧입고 |
| 衣錦褧衣 | 의금경의 | 비단옷에 홑옷 덧입었으니 |
| 叔兮伯兮 | 숙혜백혜 | 숙이여 백이여 |
| 駕予與歸⑫ | 가여여귀 | 수레 몰아 나와 함께 돌아가오 |

## 시구 풀이

① 〈丰 봉〉: 한 여인이 자신의 약혼자와 결혼하지 못한 것을 후회하는 시다.

　鄭風(정풍): 정나라의 민간가요다.

② 丰(봉): 얼굴이 통통하여 아름다운 모양.

③ 巷(항): 문밖 골목길.

④ 予(여): 나. 여기서는 여자가 자신의 집을 가리키는 것이다.

　送(송): 딸을 친영하러 온 사위에게 건네주어 남편과 함께 남편의 집으로 가는 것.

⑤ 昌(창): 신체가 건장한 모양.

⑥ 堂(당): 대청. 크고 넓은 방.

⑦ 將(장): 윗 장의 送과 같은 뜻.

⑧ 衣(의): 옷을 입다. 동사로 사용되었다.

　錦(금): 고대 여자들이 시집갈 때, 안에 비단으로 된 옷을 입었다.

　褧(경): 마사와 조삼으로, 길을 갈 때 흙먼지를 가리기 위해서 입
　는다.

⑨ 裳(상): 고대 부녀가 입었던 웃옷과 아래옷은 연결된 것인데 시에
　서는 압운을 위하여, 衣와 裳을 두 구로 구분하였다.

⑩ 叔,伯(숙,백): 여기서는 신랑을 따라 맞으러 온 사람을 가리킨다.

⑪ 駕(가): 다시 맞으러 수레를 몰고 오다.

　行(행): 시집가는 것을 가리킨다.

⑫ 歸(귀): 즉 于歸(우귀: 시집가다)의 歸인데, 시집가는 것을 가리킨다.

### 감상과 해설

〈丰 봉〉이 시는 한 여자가 약혼자와 결혼할 수 없음을 후회하여 그녀가 돌이키기를 바라는 환상을 표현한 것이다.

전체 시는 4장으로 되어있다.

제 1장의 시작하는 두 구 "통통하게 보기 좋은 그대 골목에서 날 기다렸는데, 자지봉혜 사아호항혜 子之丰兮 俟我乎巷兮"는 여자의 말투로서 얼굴이 통통한 약혼자가 마침 직접 맞으러 온 마차를 가지고 그녀의 집문 앞 골목에서 기다리고 있음을 묘사하고 있다. 끝 구 "내 전송하지 못함을 후회하노라, 회여불송혜 悔予不送兮" 중의 予는 문자상으로 보면 나(그 여자)를 가리키는 것이나, 실제로는 '자신의 집'을 지칭하고 자기의 부모를

가리킨다. 끝구의 뜻은 자신을 데리러 온 사윗감에게 집안의 부모가 자신을 건네주지 않아 남자에게 시집갈 수 없게 됨을 통한하는 것이다. 제 1장의 첫 두 구는 여자가 약혼자에 대해 사모하는 마음과 약혼자가 맞이하러 온 기쁜 심정을 표현한다. 끝구는 그녀가 좋은 연분을 잃은 근심과 슬픔을 표현한다. 앞에서는 기뻐하고, 뒤에서는 근심하니 거대한 감정의 변화가 형성되었다. 비록 이 여자가 그녀의 약혼자에 대해 마음은 흡족하지만 집안 부모가 동의하지 않았기 때문에 그녀는 잠시 헛되이 기뻐하다가 나중에는 후회 막급한 고통 속으로 빠지게 된다.

제 2장은 제 1장의 의미와 서로 비슷하나 세 구에서 각각 한 글자씩 변되었다. 그래서 내용에서 진전된 바가 있다. 1, 2구 "건장한 그대 날 대청에서 기다렸는데, 자지창혜 사아호당혜 子之昌兮 俟我乎堂兮"는 신체가 건장한 약혼남이 신부를 맞이할 수레를 가지고 그녀의 집 대청마루 가에서 기다리고 있음을 말하고 있다. 고대에 장가갈 때 "親迎 친영"이라는 의식이 있었다. 그 과정은 신랑이 마차를 몰고 여자 집에 와서 뜰 안에서 기다리면 신부가 방에서 나온다. 신부의 부친이 딸의 손을 사위에게 넘겨주면 사위는 신부의 손을 잡고 문을 나서 같이 마차를 타고 집으로 돌아간다. 이 시에서 제 1, 2장의 처음 두 구는 신랑이 맞으러 온 상황을 적고 있다.

신랑이 맞이하러 타고 온 마차는 신부의 집 문 밖에서 대기하고 있다. 오랫동안 신부가 나오는 것이 보이지 않아서 맞으러 온 마차를 신부의 집 대청 가에 대기시킨다. 그러나 여전히 신부가 나오는 것은 보이지 않는다.

제 2장 끝구에 '내 배웅하지 못함을 후회하노라, 회여부장혜 悔予不將兮'는 비록 이 시의 제 1장 마지막 구 '내 전송하지 못함을 후회하노라, 회여불송혜 悔予不送兮'와 뜻이 서로 같지만 우리가 읽으면서 중복된 느낌을 받지 않을 뿐 아니라, 도리어 집안에서 시집보내지 않은 것을 후회하는 그녀의 마음이 충분히 표현되었음을 알 수 있다.

제 3장 첫 두 구 "비단치마에 홑치마 덧입고 비단옷에 홑옷 덧입었으니, 의금경의 상금경상, 衣錦褧衣 裳錦褧裳"에서 그녀는 출가할 때 입는 비단옷을 입고서 신랑이 다시 맞으러 오길 기다리고 있다고 말한다. 3, 4구의 "숙이여 백이여 수레 몰아 나와 함께 돌아가오, 숙혜백혜 가여여행, 叔兮伯兮 駕予與行"에서, 즉 이 여자는 신랑이 다시 자기를 맞으러 오기 위해 몰고 올 마차의 마부를 큰 소리로 불러서 자신을 신랑의 집으로 시집가게 해달라는 것이다. 당연히 이것은 단지 그녀의 희망일 뿐이다. 신랑이 다시 한 번 직접 친영할 마차를 몰고 올 수 있을지 없을지, 신부의 부모가 마음을 돌려 이 혼사에 동의 할 수 있을지 없을지, 모두 이 여자에게는 해결할 방법이 없는 문제다.

제 4장은 제 3장의 뜻과 서로 비슷하다. 단지 1, 2구는 한번 어순을 뒤집었고 끝구에서는 한 글자가 변환되었다. 소량의 글자 변화와 어순의 도치는 제 3, 4장의 음절의 변화를 발생시켜서 단조로운 느낌을 피하게 한다. 우리는 읽을 때 단지 중복의 느낌을 받지 않을 뿐 아니라, 또한 이렇게 여러 번 노래함으로써 그 여자가 혼사를 다시 돌이키기를 간절히 바라는 마음이 과장되어 더욱 절박하게 느껴진다. 그녀는 현실생활 속에서는 부모에게 저지를 당했기 때문에 만족스러운 혼사를 놓쳤다. 오직 환상 속에서만 잃어버린 행복을 되돌려 놓을 수 있을 뿐이다.

이는 실로 사랑의 비극이다.

### 역대 제가의 평설

《모시서 毛詩序》: "〈봉 丰〉은 혼란을 풍자한 것이다. 혼인의 도가 결핍되어 양이 제창하여도 음이 화합하지 않고, 남자가 가도 여자가 따르지 않는 것이다.”

주희(朱熹) 《시집전 詩集傳》: “아낙과 기약한 남자가 골목에서 이미 기다리고 있지만 아낙이 딴 마음이 있어 따르지 않았다. 그러고 나서는 그것을 후회하여 이 시를 지었다. …… 아낙이 처음에 마중나가지 않아서 이 사람을 잃고 이미 후회하면서 말했다. 나의 의복은 이미 화려하게 갖추어졌는데 어찌 수레를 몰아 나를 맞이하여 함께 갈 이가 없는가?”

요제항(姚際恒) 《시경통론 詩經通論》: “이것은 여자가 시집가면서 스스로 읊조린 시다. …… 하현자(何玄子)가 말했다. 주자(朱子)는 ‘아낙이 짝을 잃고 나서 이에 후회하여 지었다’고 했으니 즉 이는 사통했다는 것이다. 어찌 그 사통한 사람이 예복을 갖추고 거마를 기다리는가? 또 대청 위는 사통할 수 있는 곳이 아니다.”

오개생(吳闓生) 《시의회통 詩義會通》: “주자가 말했다. ‘이는 사통한 시다. 《모시서》의 설명은 잘못되었다.’ 살펴보니 시의 요지는 단지 처음에는 따르지 않았다가 나중에 후회하여 가고자 했다는데 여전히 사통한 뜻이 보이지 않는다. 강병장(姜炳章)이 말했다. ‘천하에 사통하면서 대청에서 기다리는 자도 없고, 또한 예복을 갖춰 입고 수레를 몰고 갈 자도 없다.’ 이 말은 타당하다.”

진자전(陳子展) 《시경직해 詩經直解》: “〈봉편 丰篇〉은 아마 남자가 친영하러 왔지만 여자가 가지 못한 것 같다. 부모가 뜻을 바꿔 여자가 스스로 후회하는 시다. 대진(戴震)이 말했다. ‘이것은 《방기 坊記》에서 말한 친영인데 여자쪽이 오히려 오지 않은 자가 있다는 것이다. 아마도 풍속이 쇠퇴하고 경박하여 혼인을 하면서도 끝내 변심하는 것은 남녀의 정이 아니라 부모의 미혹임을 말한 것이다. 그래서 여자가 스스로 원망하는 말에 기탁하여 이것을 풍자했다. 마중 나가지 않은 것을 후회함으로써 자신이 자주적으로 하지 못했지만 마음은 끝내 그를 따르고자 했음을 밝힌 것이다. …… 무릇 후세에 혼인에서 변심한 것은 모두 부모에게서 나오고 여자에게서 나오지 않았다. 시에서는 맞으러 온 자가 아름다워 진실로 시집가고 싶지만 절대로 스스로 주장할 수 없어 시집가지 못함을 말했다. 여기서는 여자의 말에 가탁하여 바로 미혹이 부모로부터 말미암은 것임을 보여준다. 부모로 하여금 남녀의 정이 이와 같은 것을 알게 한다면 의혹 역시 해소 시킬 수 있다.' …… 이 시의 정론이라고 할만하다."

양합명(楊合鳴) 이중화(李中華) 《시경주제변석 詩經主題辨析》: "한 쌍의 젊은이들이 본래 이미 약혼을 체결하였다. 그런데 남자 쪽이 수레를 몰고 친영하러 오는데 이를 기다리다가 상황이 도리어 변했다. 이 시는 바로 혼인의 변고가 발생했을 때 여자의 진심을 말한 것이다."

정준영(程俊英) 《시경역주 詩經譯注》: "이것은 여자가 약혼자와 결혼하지 않은 것을 후회하는 시다. 그녀는 약혼자가 이전의 사랑을 다시 펼쳐서 그녀를 맞이하러 올 것을 희망한다."

김계화(金啓華) 《시경전주 詩經全注》: "애인은 본래 그녀를 기다린 것이다. 그러나 그녀는 즉시 그와 동행하지 않았다가 나중에 매우 괴로워한다."

고형(高亨) 《시경금주 詩經今注》: "한 남자가 여자에게 구혼하는데 그 여자가 상대해주지 않았다. 오래지 않아 그녀는 후회하며 시집가기를 바라는 마음을 나타낸다."

원매(袁梅) 《시경역주 詩經譯注》: "이 여자는 알고 보니 애인에게 토라져서, 그 애인과 결혼하지 않았다. 그 일 이후에 그녀는 후회가 되어 사랑하는 사람과 같이 애정생활을 만들고 싶다는 생각을 나타냈다."

번수운(樊樹雲) 《시경전역주 詩經全譯注》: "이는 소녀가 연인과 서로 약속하는 노래다. 애인의 아름다운 그 모습을 칭찬하고, 연인이 오기를 초조하게 기다리는 것이다."

강음향(江陰香) 《시경역주 詩經譯注》: "이는 아낙이 딴 마음을 지녀서 그 남자를 따르지 않았다가 나중에 후회하는 시다. 그래서 이 시를 지었다. 일설에는 예절을 따르지 않고 벼슬하러 간 것을 뉘우친다고 했다."

　원유안(袁愈荌) 당막요(唐莫堯)《시경전역 詩經全譯》: "여자는 연인과 동행하지 않은 것을 후회하고, 그가 마차를 몰고 와서 같이 가기를 바라는 것이다."

# 五

# 거혼(拒婚: 청혼을 거절하다)

일찍이 《시경 詩經》 시대에 일부다처제는 합법적인 형태로서 공개적으로 존재하였다. 임금은 수많은 후비가 있고, 제후는 많은 첩이 있으며, 일반백성 중에도 역시 중혼(重婚) 재혼하는 현상이 있었다. 당시 여성에게 그 혼인은 보장을 받을 수 없는 것이었다.

〈행로 行露〉(소남 召南) 중의 한 불한당은 집안에 명백하게 아내가 있는데도, 사기의 수단으로써 함부로 한 미혼의 여자를 강제적으로 취하려 하고 게다가 큰소리치기를, 만약에 순종하지 않으면 소송을 걸 것이라 한다. 그 여자는 진상을 알고 난 이후에 혼인을 거절하는 태도가 매우 완강하였다. 그녀는 그 불한당에게 경고한다. "내가 감옥살이하더라도 너와는 혼인할 수 없다."

## 1. 〈행로 行露〉[소남 召南]①

| 厭浥行露② | 염읍행로 | 축축히 이슬 젖은 길에 |
|---|---|---|
| 豈不夙夜③ | 기불숙야 | 어이해 새벽에 다니고 싶지 않으리오 |
| 謂行多露④ | 위행다로 | 길에 이슬이 많을까 겁이 나서지 |

| 誰謂雀無角⑤ | 수위작무각 | 누가 참새에 부리가 없다 했는가 |
|---|---|---|
| 何以穿我屋 | 하이천아옥 | 어떻게 내 집을 뚫었으리오 |
| 誰謂女無家⑥ | 수위여무가 | 누가 너에게 아내가 없다고 했는가 |
| 何以速我獄⑦ | 하이속아옥 | 어찌 나를 소송에 끌어들이는가 |
| 雖速我獄 | 수속아옥 | 비록 나를 소송에 끌어들여도 |
| 室家不足⑧ | 실가부족 | 혼인하기엔 어림도 없지 |

| 誰謂鼠無牙 | 수위서무아 | 누가 쥐에 이빨이 없다고 했는가 |
|---|---|---|
| 何以穿我墉⑨ | 하이천아용 | 어떻게 내 담을 뚫었는가 |
| 誰謂女無家 | 수위여무가 | 누가 너에게 아내가 없다고 했는가 |
| 何以速我訟⑩ | 하이속아송 | 어찌 나를 송사에 끌어들였는가 |
| 雖速我訟 | 수속아송 | 비록 나를 송사에 끌어들여도 |
| 亦不女從⑪ | 역불여종 | 여전히 너를 따르지 않는다 |

### 시구 풀이

① 〈행로 行路〉는 여자가 혼인을 거절하는 것을 묘사한 시다.
   召南(소남): 서주시대의 소남(지금의 하남, 호북 사이) 지역의 시가.
② 厭挹(염읍): 흠뻑 젖은 것.
   行路(행로): 길 위의 이슬.
③ 夙夜(숙야): 早夜(조야). 이른 새벽. 날이 장차 밝아지려고 하지만,
   아직은 어둑한 시간.
④ 謂(위): 畏(외: 두려워하다)의 가차자. 아래문장의 "誰謂"(누가…라

말하는가)의 謂(위: 말하다)와 다르다.

謂行多露(위행다로): 길 위의 이슬을 두려워하다.

⑤ 角(각): 여기서는 새의 부리를 가리킨다. 고대 사람들은 새의 부리를 喙(탁: 쪼으다)이라 칭하였는데, 角은 곧 喙의 본 글자이다.

⑥ 女(여): 汝(여). 너.

無家(무가): 가정이 없다. 아내가 없다.

⑦ 速(속): 招致(초치). 초래하다.

獄(옥): 이 시에서는 결코 감옥을 가리키는 것이 아니라 소송을 거는 것을 가리킨다.

速我獄(속아옥): 나를 고소당하게 하는 것이다.

⑧ 室家(실가): 夫婦(부부). 남자에게 아내가 있는 것을 室이 있다고 하고, 여자에게 남편이 있는 것을 家가 있다고 한다.

室家不足(실가부족): 이는 남자 쪽에서 혼인의 체결을 요구하는 이유가 부족한 것을 가리킨다.

⑨ 墉(용): 墙(장). 담장.

⑩ 訟(송): 시비곡직을 관청에서 쟁론하다. 소송을 걸다.

⑪ 不女從(불여종): 너를 따르지 않는다.

### 감상과 해설

〈행로 行路〉 이 시는 의지가 굳센 여자가 강제로 그녀를 아내로 삼으려는 무뢰한에게 반항하는 것을 묘사했다.

전체 시는 3장으로 되어 있다.

제 1장은 여자가 감히 일찍 일어나 길을 나서지 못하는 것을 묘사했다. 첫 구의 "축축히 이슬 젖은 길에, 염읍행로 厭浥行路"는 새벽이슬이 길가에 젖은 것을 묘사한 것이다. 2, 3구의 "어이해 새벽에 다니고 싶지 않으리오

길에 이슬이 많을까 겁이 나서지, 기불숙야 위행다로 豈不夙夜 謂行多露의
의미는 어찌 아침 일찍 길을 나서고 싶지 않겠는가? 단지 길 위에 이슬이
많은 것을 두려워 한다는 것이다. 제 1장의 첫 구 "축축히 이슬 젖은 길에
염읍행로 厭浥行路"로써 흥(興)을 불러일으키고, 두 번째 구 "어이해 새벽에
다니고 싶지 않으리오 기불숙야 豈不夙夜"로써 여자가 어찌 배우자를 찾고
싶지 않다는 것인가를 비유하였다. 또 제 3구 "길에 이슬이 많을까 겁이
나서지 위행다로 謂行多露"는 여자가 무뢰한에게 욕보일까 두려워하는
것을 비유하였다.

제 2장은 여자가 단호하게 남자의 위협과 협박을 거절하는 것을 묘사하였
다. 처음 두 구 "누가 참새에 부리가 없다 했는가 어떻게 내 집을 뚫었으리오,
수위작무각 하이천아옥 誰謂雀無角 何以穿我屋"의 의미는 누가 참새에
부리가 없다고 말했는가, 어떻게 내 집을 뚫었겠는가? 이다. 3, 4구의 "누가
너에게 아내가 없다고 했는가 어찌 나를 소송에 끌어들이는가, 수위여무가
하이속아옥 誰謂女無家 何以速我屋"은 상대에게 질문한 것인데 누가 너에게
처가 없다고 말했는가, 너는 어째서 나와 소송을 하려 하는가? 라고 한
것이다.

1, 2구는 흥을 일으키는 구인데 "참새가 내 집을 뚫었네, 작천아옥 雀穿我
屋"이라고 묘사한 것은 3, 4구에서 묘사한 '무뢰한이 소송을 건다'는 것을
흥으로 일으키기 위해서이다. 1, 2구와 3, 4구는 비유관계로 구성되었다.
부리 있는 '참새'로써 처가 있는 어떤 무뢰한을 비유하였고, '내 집을 뚫었다
穿我屋'는 것으로써 '나를 옥사에 부르는 것 速我獄'을 비유한다. 처자가
있는 어떤 무뢰한이 여자를 속이고 침해하여, 강압적으로 그녀에게 장가들
려 한다. 또 만약 따르지 않으면 소송을 하겠다고 큰소리친다. 5, 6구 "비록
나를 소송에 끌어들여도 혼인하기엔 어림도 없지, 수속아옥 실가부족 雖速我
獄 室家不足"은 이 여자의 항쟁을 쓴 것이다. 그녀는 말한다. "비록 네가

나와 소송을 하려 해도, 나는 너와 부부를 맺을 어떤 이유도 없다고 생각한다."
이 말의 암시는 네가 나에게 장가들고 싶은 것은 되지도 않는 일이라는
것이다.

제 3장에서 말한다. 누가 쥐에 이빨이 없다고 말했는가? 어떻게 나의
담장을 깨뜨렸겠는가? 누가 너에게 처가 없다고 말했는가? 너는 어찌하여
나와 소송을 하려 하는가? 비록 내가 고소를 당할지라도 나는 역시 절대로
너를 따를 수 없다. 여기에서 쥐를 그 무뢰한에 비유하여 한층 더 신랄한
풍자의 의미를 포함하고 있다. "여전히 너를 따르지 않는다, 역불여종 亦不女
從"에서 혼인을 거절하는 태도는 위의 제 1장보다 더 단호하여, 상대에게
'내가 감옥살이하더라도 상관하지 않고 버티면서 너에게 시집갈 수 없다'라
고 경고하는 것 같다. 언사가 단호하여 그 의지는 뒤돌아볼 것도 없다.

고대에 여자는 연애와 혼인의 자유를 얻지 못하였다. 기나긴 역사의
시간 속에서, 일부다처제는 합법적인 형태로서 공개적으로 존재하였다.
국왕에게는 일군의 후비가 있었고, 귀족남자에게 역시 많은 처첩이 있었고,
심지어는 일반 백성 중에도 역시 중혼 재혼의 현상이 있었다.

이 시는 한 젊은 여자가 아내를 둔 무뢰한의 침해를 받은 것을 묘사하였다.
그 무뢰한은 진실을 숨기고 그녀에게 구혼하였는데, 이 젊은 여인이 진상을
알게 된 후에 단호히 거절한 것이다. 강제로 장가들려는데 뜻대로 되지
않자 그는 공공연하게 이유 없이 소송을 일으켜 세력을 믿고 남을 깔보는
것이다. 여인은 위협에 직면하여서도 결코 따르지 않는다. 이 시는 곧
혼인의 자유를 쟁취하기 위해 부른 항쟁의 노래다.

## 역대 제가의 평설

《모시서 毛詩序》: "〈행로 行路〉는, 소백(召伯)이 소송을 심의한 것이다. 쇠란의 시기에 풍속이 쇠미하였지만 정조의 교화가 흥하여 강포한 남자가 정조 있는 여자를 침해하여 욕보일 수 없었다."

《열녀전·소남신녀전 烈女傳·召南申女傳》: "남자의 집에서 예를 경시하고 제도를 어겨서 거행하지 못했다. 그래서 여자는 갈 수 없었다. 남자 집에서는 이러한 이유로 소송을 걸어 고소하였다. 여자는 끝내 물건 하나도 갖추지 않고, 예물 하나도 준비하지 않으면서 정조를 지키고 뜻을 지니며 필사적으로 가지 않았다. 그래서 시를 지어 말했다. '비록 내가 소송을 당해도 결혼하기에 부족하다.' 이 말은 남자집의 예가 충분히 갖추지 못했다는 것이다."

주희(朱熹)《시집전 詩集傳》: "남국의 사람들이 소백의 교육을 따르고 문왕의 교화에 탄복하여 전날의 음란했던 풍속을 혁신했다. 그래서 여자는 예로써 자신을 지켜 강제로 능욕당하지 않을 수 있으므로 스스로 자신의 뜻을 서술하고자 이 시를 지어 그 사람을 거절한 것이다."

오개생(吳闓生)《시의회통 詩義會通》: "이 시에서는 여자가 정절로 자신을 지키며 예가 아니면 안 된다는 것이 드러난다. 그 어투를 자세히 보면 당연히 여자 자신이 지은 것이다. 《열녀전 烈女傳》, 《한시외전 韓詩外傳》에서 '신(申) 땅의 여자가 풍(酆)으로 시집가기로 허락했지만 예가 갖추어지지 않았기 때문에 필사적으로 가지 않고 이 시를 지은 것이다.'라고 여겼으니 맞는 말이다. 《모시서》에서 '소백이 소송을 심의한 것이다'고 여긴 것은 〈감당 甘棠〉편에서도 억지로 끌어다가 그렇게 말했으니 이는 시의 취지가 아니다."

문일다(聞一多)《풍시유초 風詩類抄》: "남자는 여자에게 남편이 없다고 생각하여 마침내 구혼하러 갔다가 법에 걸려들자 남자가 이 시가로써 알리는 것이다."

진자전(陳子展)《시경직해 詩經直解》: "〈행로 行路〉는 한 여자가 이미 가정이 있는 남자의 이중 혼인을 거절하여 지은 것이다. 그래서 시에 이르길 '누가 너에게 가정이 없다고 했는가?'라고 했다.《서 序》에 이르길 '강포한 남자가 정조 있는 여자를 침해할 수 없다'고 했으니 시의 뜻이 명백해진다. 《서 序》의 말에서 이 구절은 적절하다.《전 箋》에서 말하길 '폐백을 준비할 수 있다고 해도 결혼하기에는 부족하다. 중매쟁이의 말과 어긋나는데도 육례(六禮)에 억지로 맞춘 것이다.'고 했다. 호승공(胡承珙)은 이 〈전 箋〉의 주석이 가장 이치에 가깝다고 말했다. 대진(戴震)이 말했다. '《한시 韓詩》에서는 이미 결혼하기로 허락했는데 한 가지 예가 갖추어지지 않은 것을 보고 필사적으로 가지 않았다고 여겼는데 그 학설은 틀렸다.《모시 毛詩》 편에서 정의하기를 '〈행로 行路〉는 소백이 소송을 심의한 것이다'고 했는데 그것을 심의했다는 말을 아직껏 들어보지 못했다.' 이 비평은 《모시》, 《한시》 모두의 급소를 찔렀다. …… 내 소견으로 보면, 고대 노비 사회에서 형벌은 사대부에게는 행해지지 않고, 예는 서민들에게까지 미치지 않았다. 이 여자가 강제 혼인을 거절한 것인데, 비록 소송을 당해도 어조는 고집스레 남에게 굽히지 않는다. 설령 비천한 거처에 살고 있다고 해도 마땅히 자유민이나 선비 계층에 속한다. 만약 노예 신분이었다면 마치 가축처럼 남에게 매매되고 도살될 뿐이다. 더구나 어찌 송사, 옥사를 말하겠는가?"

여관영(余冠英)《시경선 詩經選》: "한 횡포한 남자가 억지로 이미 남편이 있는 여자와 혼인하려 하고, 또한 소송을 하여 여자를 압박하는 수단으로 삼고 있다. 여자 집의 가장은 결코 굴복하지 않는데 이 시는 그가 상대에게 주는 대답이다."

정준영(程俊英) 《시경역주 詩經譯注》: "이는 한 여자가 혼인을 거절하는 시다. 이미 아내가 있으면서도 일찍이 그녀를 속인 강포한 남자가 소송으로 그녀를 협박하여 결혼하려 한다. 그녀는 단호한 말로 거절한다."

원매(袁梅) 《시경역주 詩經譯注》: "한 기개있는 여인이 강제로 혼인하려는 무뢰한에게 반항하는 것이다. 그녀는 '차라리 소송을 당할지언정 너 같은 무뢰한에게는 시집가지 않는다!'라고 한다. …… 한 여자가 강포함에 반항하여 인격과 애정의 존엄한 투쟁정신을 지키는 것을 표현했다."

번수운(樊樹雲) 《시경전역주 詩經全譯注》: "이 시는 서사시로서 한 여자가 강포함을 두려워 않고, 강제로 혼인하여 첩으로 삼으려는 것을 단호하게 항의한다. 그래서 자기의 뜻을 서술하여 그 사람을 거절하는 시다."

김계화(金啓華) 《시경전역 詩經全譯》: "여자는 강포한 자에게 굴복하지 않고 굳건하고 대담하게 모욕에 대해 반항하는 것이다."

고형(高亨) 《시경금주 詩經今注》: "한 유부녀가 그녀의 남편 집안 환경이 빈곤해졌기 때문에 친정집으로 돌아왔다가 남편 집으로 돌아가지 않는 것이다. 그녀의 남편은 자기에게 가정이 있다는 것을 이유로 삼아 그녀에게 집으로 돌아와 같이 살자고 요구하지만 거절당하자 관아에 그녀를 고발했다. 부부는 같이 가서 심리를 받는데 그녀는 이 노래를 불러 그녀의 남편을 호되게 꾸짖고 결코 시집으로 돌아가지 않는다는 것을 나타냈다."

강음향(江陰香) 《시경역주 詩經譯注》: "이는 남국의 백성이 교화에 복종하여 종전의 음란했던 풍속을 버린 것을 말한다. 그래서 이 여자는 예교를 지킬 수 있고 그 강포한 자에게 욕보임을 당하지 않는다. 그래서 이 시를 지어 자기의 의지를 나타낸 것이다."

# 六

## 사분(私奔: 사랑의 도피)

　　혼인은 반드시 애정을 기반으로 한다. 그러나 《시경 詩經》 시대에 어떤 남녀들은 애정이 없는데도 억지로 결혼해야 했다. 어떤 남녀들은 애정이 있는데도 결혼할 수 없었다. 이는 모두 봉건시대 독단적인 혼인제도가 조성한 비극이다. 만약에 어떤 사람이 반대를 하는데도 대담하게 자주적으로 혼인하고 심지어 사랑하는 이와 함께 '사랑의 도피'를 한다. 그것은 낡은 사상가들에게 대역무도(大逆無道)함으로 간주되었다.

　　〈체동 蝃蝀〉(용풍 鄘風)의 한 아가씨는, 자신의 마음에 드는 사람을 찾아냈다. 그녀는 "부모의 명령과 중매쟁이의 말"을 거치지 않고 남의 비판과 조소도 두려워하지 않으며, 용감하게 그녀의 사랑하는 남자와 함께 '사랑의 도피'를 한다. 남녀 쌍방이 모두 의지가 결연하였기 때문에 그들은 마침내 행복한 애정을 차지하고 봉건적 법도를 지키는 위정자들의 지탄을 멀리 뒤로 던져버렸다.

　　〈대거 大車〉(왕풍 王風) 시의 아가씨는 한 청년을 사랑하였는데, 부모의 반대에 부딪힌다. 아가씨는 집안의 방해를 돌파하려고 사랑하는 남자와 함께 멀리멀리 사라지기를 바란다. 그러나 그 남자는 소심하여 감히 '사랑의 도피'를 못한다. 아가씨는 지금의 생애에서는 그와 결합할 가망이 없다고 예감한다. 그녀는 하는 수 없이 "사즉동혈(死則同穴)" 즉 죽어서 같은 무덤에 있겠다는 것에 희망을 기탁한다.

## 1. 〈체동 蝃蝀〉[용풍 鄘風]①

| 蝃蝀在東② | 체동재동 | 무지개 동쪽에 걸리니 |
| 莫之敢指③ | 막지감지 | 감히 이것을 가리키지 못한다 |
| 女子有行④ | 여자유행 | 여자가 사랑의 도피를 하면 |
| 遠父母兄弟 | 원부모형제 | 부모 형제와 멀어지는 것 |

| 朝隮于西⑤ | 조제우서 | 아침 무지개 서쪽에 오르니 |
| 崇朝其雨⑥ | 숭조기우 | 아침 내내 비가 내리네 |
| 女子有行 | 여자유행 | 여자가 사랑의 도피를 하면 |
| 遠父母兄弟 | 원부모형제 | 부모 형제와 멀어지는 것 |

| 乃如之人也⑦ | 내여지인 | 이 같은 사람은 |
| 懷昏姻也⑧ | 회혼인야 | 자유 혼인만을 생각하는구나 |
| 大無信也⑨ | 대무신야 | 나이 들어 시집가며 중매쟁이 믿지 않고 |
| 不知命也⑩ | 부지명야 | 부모의 명령도 좇지 않는구나 |

### 시구 풀이

① 〈蝃蝀 체동〉: 여자의 혼인자유를 반대하는 시다.

　鄘風(용풍): 주나라 시대 용[후에 위국(衛國)에 병입 되었고, 옛 땅이 지금의 하남 급현(汲縣) 일대] 땅의 시가이다.

② 蝃蝀(체동): 무지개

　在東(재동): 저녁 무지개가 동쪽 하늘에 나타남을 가리킨 것이다. 무지개가 동쪽에 있다는 것은 태양이 당연히 서쪽에 있다는 것이므로 이는 날이 저물 때의 무지개이다.

③ 莫之敢指(막지감지): 감히 그것을 가리킬 수 없다.

④ 女子有行(여자유행): 아가씨가 가려고 하다. 사랑하는 사람을 찾아 떠나는 것을 가리킨다.

行(행): 시집감을 나타낸다.
⑤ 朝(조): 아침. 아침의 무지개를 가리킴.
   隮(제): 떠오른다. 무지개의 출현을 나타냄.
   于西(우서): 서쪽의 하늘에서. 무지개가 서쪽하늘에 있으면 당연히 아침
   에 나타난 무지개다.
⑥ 崇朝(숭조): 終朝(종조)와 같다. 아침 내내.
⑦ 乃如之人(내여지인): 이 사람처럼.
⑧ 懷(회): 생각.
   昏(혼): '婚 혼인하다'의 본래글자.
⑨ 大(대): 여인이 이미 나이가 들었음을 가리킨다. '여자가 나이가 들면 시
   집가야 한다.'
   無信(무신): 중매쟁이의 말에 신의가 없다.
⑩ 不知命(부지명): 부모의 명령을 안 듣는다.

### 감상과 해설

〈체동 蝃蝀〉이 시는 한 처녀가 중매쟁이의 말과 부모의 명을 듣지 않고,
사회의 낡은 사상을 옹호하는 자들의 조소를 무서워하지 않고, 용감하게
자신이 사랑하는 사람과 결합하는 내용이다.
   전체 시는 3장으로 구성된다.
   제 1장 처음 부분에서 무지개로써 흥을 일으킨다. 옛날에 전해오는 얘기로
무지개는 애정과 혼인의 상징이었다. 당시의 사람들은 하늘의 무지개를
양성으로 생각했고, 무지개를 둘러싸고 있는 구름을 음성이라 생각했다.
만약 하늘에 무지개가 나타나면 그것은 남녀가 만나는 기운을 나타낸 것이다.
   몇몇의 완고한 수구파들은 애정의 표현인 무지개를 특별히 금기시하여

이를 말하지 않았고, 더욱이 가리키는 것은 감히 하지 못했다. 사실상 수구파들의 영혼의 깊은 곳은 아주 추하고 더러웠던 것이다. 그들은 또 예법으로 젊은이들은 속박하려 하였다. "무지개 동쪽에 걸리니 감히 이것을 가리키지 못한다, 체동재동 막지감지 蝃蝀在東 莫之敢指"는 동쪽하늘에 무지개가 출현하였는데 예법과 사상의 구속을 받은 사람들은 모두 감히 그것을 가리키거나 보지 못하였다.

그러나 시에서 여주인공은 아주 대담하여 그녀는 예법규정을 아예 거들떠 보지도 않았다. "여자가 사랑의 도피를 하면 부모 형제와 멀어지는 것, 여자유행 원부모형제 女子有行 遠父母兄弟"는 그녀가 독단적으로 집을 나와, 마음에 있는 사람을 찾아가서 부모형제를 멀리 떠나는 것이다. 이 여인의 "행 行"은 절대로 "예의에 따라 시집가는 것"이 아니라 스스로 배우자를 골라서 분(奔 정식 수속을 밟지 않고 결혼하거나, 또는 가출하여 애인에게 도망가는 것)한다. 그녀는 부모형제의 제지를 받아서 스스로 집을 떠날 수밖에 없었다. 아가씨가 자유 혼인을 쟁취한 행동은 사람들이 하늘에 있는 무지개를 대담히 가리키는 것과 같이 당시 사회의 조롱을 받았다.

제 2장에서는 진일보하여 아가씨가 마음에 든 사람에게 용감히 시집을 간다. "아침 무지개 서쪽에 오르니 아침 내내 비가 내리네, 조제우서 숭조기우 朝隮于西 崇朝其雨"는 무지개가 새벽녘에 서쪽하늘에 나타나고 이른 새벽에 큰비가 되어 그치지 않았다는 뜻이다. 이 두 구에서 나타난 무지개와 내리는 비는 인과관계의 자연현상으로서 아가씨가 사랑하는 대상이 있고, 그녀는 반드시 사랑하는 사람에게 시집감을 상징한다.

"여자가 사랑의 도피를 하면 부모 형제와 멀어지는 것, 여자유행 원부모형제 女子有行 遠父母兄弟"는 이 아가씨가 스스로 사랑하는 사람을 선택하고, 부모의 반대를 무릅쓰며 용감히 자기의 애인과 함께 결합함을 묘사한다.

제 3장은 수구파들의 아가씨에 대한 질책을 나타낸다. 그들은 말한다.

"이렇게 어린 아가씨가 외곬으로 사랑하는 사람과 혼인한다. 그녀는 중매쟁이의 말을 지키지 않고, 부모의 명령조차 듣지 않는다" 이 말의 뜻은 그녀의 행위는 대역무도한 짓이라는 것이다.

　봉건제도하에서 이러한 예법의 규제를 상당히 엄격하게 받는 지역에서는 젊은 남녀에게 사랑과 결혼의 자유가 없고, 그들의 혼인대사는 오직 부모를 통해서만 처리되었다. 시에서 이 아가씨는 감히 예법의 속박을 밀어서 무너뜨린다. 중매쟁이의 소개를 거치지 않고 부모의 반대를 상관하지 않고 용감히 자신이 사랑하는 남자와 결합하였다. 그녀의 행동은 비난할 수 없다. 시에서 그녀를 "나이 들어 시집가며 중매쟁이 믿지 않고 부모의 명령도 좇지 않는구나, 대무신야 부지명야 大無信也 不知命也"라고 비평한 것은 단지 옛 것을 고집하는 자들의 편견일 뿐이다.

### 역대 제가의 평설

　《모시서 毛詩序》: "〈체동 蝃蝀〉은 가출하여 애인에게 도망가는 것을 그치게 한 시다. 위문공(衛文公)이 도로써 그 백성을 교화하자 나라 사람들은 음분의 부끄러움을 언급조차 하지 않았다.

　공영달(孔穎達)《모시정의 毛詩正義》: "이 시의 제 1장은 음분을 미워하는 노래이다. 무지개 기운이 동방에서 나타남은 부부의 예가 지나치는 것을 경계한 것이다. 군자라도 감히 가리키거나 보지 못하였다. 하물며 지금의 음분한 여자가 악을 저질렀는데 누가 감히 그것을 보겠는가? 음분한 여자를 이미 미워한데다가 더 나아가 그녀를 꾸짖었다. 말하자면 여자는 다른 사람에게 시집가는 도리가 있으므로 당연히 부모형제와 저절로 멀어져서 이치에 따라 시집가게 된다. 어찌 시집가지 않고 음분의  잘못을 저지르며 걱정하는가?"

"제 2장에서 아침에 서쪽하늘에서 무지개의 기운이 보이면 아침내내 반드시 비가 온다. …… 이것으로써 여자는 태어나면 반드시 시집을 가야한다는 것을 흥으로 했으니 역시 자연스러운 것이다. 그래서 또 그것을 꾸짖어 말했다 …… 어찌 시집가지 않고 사통하면서 걱정하는가?" "제 3장에서는 그 음분의 잘못은 커다란 악행이라고 말했다."

주희(朱熹) 《시집전 詩集傳》: "이는 남녀 간의 음분을 풍자한 시다."

《위시전 僞詩傳》: "위 영공(衛靈公)이 송(宋)나라에서 자도(子都)를 부르자 나라 사람들이 〈체동 蝃蝀〉을 지었다."

문일다(聞一多) 《풍시유초 風詩類抄》: "가출하여 애인에게 달아난 여자를 풍자한 것이다."

진자전(陳子展) 《시경직해 詩經直解》: "〈체동 蝃蝀〉은 한 여자가 부모의 명령과 중매쟁이의 말을 거치지 않고, 자주적으로 혼인한 사람의 작품이다. …… 무지개가 구성하고 있는 농염한 풍경은 일찍이 많은 인류의 상상을 끌어들였다. 세계 각국은 무지개와 관련된 신화가 전해온다. 어떤 사람은 무지개를 밝게 빛나는 신의 보배로운 활이라고 하고, 또 어떤 사람은 무지개를 환락의 여신이 웃는 모습이라고 한다. 중국 고대 주나라 사람들 미신에서 무지개를 여인의 정조 여부와 연관짓고 있는데, 이는 마치 주나라 사람들 미신에 무지개를 강수량의 많고 적음, 일 년 간의 길흉에 관련짓는 것과 흡사하다."

원매(袁梅) 《시경역주 詩經譯注》: "이 시는 반항의 기질을 풍부하게 지닌 아가씨가 혼인의 자유를 쟁취하기 위해 드러낸 외침이다. 어느 누구도 감히 무지개를 가리킬 수 없음을 거듭 말한 것은 바로 당시 사람들이 위선의 가면을 쓰고 애정문제를 거론하기를 회피하는 것을 풍자한 것이다. 또 '대무신(大無信), 부지명(不知命)'이라고 말한 것도 구제도에 대한 고발과

항쟁이다."

정준영(程俊英)《시경역주 詩經譯注》: "한 여자가 혼인의 자유를 쟁취하면서 당시 여론의 질책을 받았다. 이 시는 이 여자를 풍자했지만 반면에 당시 여자들이 혼인에 있어서 자유스럽지 못한 상황과 이 여자의 반항정신을 반영하였다."

고형(高亨)《시경금주 詩經今注》: "이 시는 한 귀족 여인이 애인을 따라 가출하여 도망간 행위를 풍자한 시다."

번수운(樊樹雲)《시경전역주 詩經全譯注》: "아가씨의 자유연애가 오히려 비방을 당한다. 마지막 한 장을 시의 의미나 운이 붙은 구라는 측면에서 보자면 앞의 두 장과 크게 불일치하는 것으로 보인다. 이는 의심컨대 뒷사람이 첨가하여 봉건 사대부의 윤리 관념을 반영한 것이다."

원유안(袁愈荌), 당막요(唐莫堯)《시경전역 詩經全譯》: "여자가 사랑하는 사람을 찾아가는 데 훼방을 당한다."

김계화(金啓華)《시경전역 詩經全譯》: "이 시는 여자가 시집을 가고 싶은 것을 묘사한 것이며, 사랑의 도피라고 하는 것은 불합리하다."

강음향(江陰香)《시경역주 詩經譯注》: "이는 위문공이 도로써 백성을 교화하여 나라 사람들로 하여금 수치를 알게 하여, 음분의 나쁜 풍속을 개혁시킨 것을 말했다. 일설에는 위나라 사람들이 선강(宣姜)을 대신해서 새 누대에서 선공(宣公)에게 시집가는 일에 대답한 것이라고 한다."

## 2. 〈대거 大車〉[왕풍 王風]①

| 大車檻檻② | 대거함함 | 덜컹덜컹 떠나는 큰 수레에 |
| 毳衣如菼③ | 취의여담 | 갈대처럼 푸른 털옷 걸친 |
| 豈不爾思④ | 기불이사 | 그대를 어찌 그리워하지 않으리오마는 |
| 畏子不敢 | 외자불감 | 당신이 용감하지 못할까 두려워 |

| 大車啍啍⑤ | 대거톤톤 | 삐걱삐걱 떠나는 큰 수레에 |
| 毳衣如璊⑥ | 취의여문 | 옥처럼 붉은 털옷 걸친 |
| 豈不爾思 | 기불이사 | 그대를 어찌 그리워하지 않으리오마는 |
| 畏子不敢 | 외자불감 | 당신이 용감하지 못할까 두려워 |

| 穀則異室⑦ | 곡즉이실 | 살아서는 집을 달리 하나니 |
| 死則同穴⑧ | 사즉동혈 | 죽어서라도 무덤을 함께 하리라 |
| 謂予不信 | 위여불신 | 날 못 믿겠다고 이를진댄 |
| 有如曒日⑨ | 유여교일 | 밝은 해가 증명하리라 |

### 시구 풀이

① 〈大車 대거〉: 여인이 애인을 열렬히 그리워하는 시다.
　王風(왕풍): 주 평왕(周平王)이 낙읍(洛邑)으로 도읍을 옮겼으니 이를 일러 동주(東周)라 한다. 영토는 지금의 낙양 일대이다. 동주 국경내의 시가를 王風(왕풍)이라 일컫는다.
② 大車(대거): 소가 끄는 일종의 짐수레다.
　檻檻(함함): 수레가 가는 소리.
③ 毳衣(취의): 짐승의 털로 짜서 만드는데, 위에는 5가지 색깔의 꽃 문양을 수놓아 만든 옷.
　菼(담): 물억새. 그 색깔은 청색과 백색의 중간이다.

④ 爾(이): 너. 여기서는 남자를 뜻한다. 아래 시구의 子(자)와 같은 사람이다.

⑤ 啍啍(톤톤): 수레가 움직일 때 나는 소리를 형용한 의성어. 이러한 소리를 통해 수레가 육중함을 생각할 수 있다.

⑥ 璊(문): 빨간색의 옥.

⑦ 穀(곡): 살아 있다.

⑧ 穴(혈): 무덤.

⑨ 如(여): 이. 이것.

　璬(교): 皎(교)와 같음. 광명. 璬日(교일)은 태양의 밝은 빛을 가리킨다.

### 감상과 해설

〈대거 大車〉는 여자가 남자에게 확고한 사랑을 표현한 시다. 보아하니 그들의 애정은 심각한 장애를 만났다. 여자는 사랑하는 사람과 함께 도망가길 바라고 있으나, 아직 상대방의 마음이 어떤지 확실히 모른다. 그리고 또 두려움마저 있어 감히 그에게 도피하자고 찾아가지 못한다.

전체 시는 3장으로 되어있다.

제 1장의 첫 구 "덜컹덜컹 떠나는 큰 수레에, 대거함함 大車檻檻"은 일종의 소가 끄는 수레소리를 묘사한 것이다. 이러한 소리로부터 차가 무겁고 속도가 느림을 알 수 있다. "갈대처럼 푸른 털옷 걸친, 취의여담 毳衣如菼"은 수레 위에 있는 사람이 마치 억새풀과 같은 "취의(毳衣)"를 입고 있는 것을 가리키는데, 이는 청색의 짐승 털로 만든 옷이다. 이 사람이 아마도 그 여자의 상대방일 것이다. "그대를 어찌 그리워하지 않으리오마는 당신이 용감하지 못할까 두려워, 기불이사 외자불감 豈不爾思 畏子不敢"은

솔직하게 여인이 상대방을 그리워함을 표현한 것이다. 그러나 또한 상대방이 소심하고 일을 겁내는 것에 대해 원망하고 슬퍼하는 표현이다.

　제 2장 첫 구 역시 소가 끄는 수레가 느리게 나아가는 소리이다.

　두 번째 구에서는 수레위에 앉은 사람이 짐승의 털로 짠 붉은색의 옷을 입고 있음을 묘사한다. 이 사람은 앞 제 1장에서 묘사한 사람과 같다. 이 역시 여자가 마음에 둔 사람이다. 그녀가 상대방을 그리워 할 때면 마치 귓전에는 소 수레의 소리가 거듭나기 시작하고, 눈가엔 상대방의 형체가 몇 번이나 보이는 듯하다. 그가 탄 소 수레가 과연 왔는가? 오지 않았다. "기불이사 豈不爾思?"는 설마 그대를 그리워하지 않았겠냐?는 말이고 "외자불분 畏子不奔!"은 그대가 감히 같이 사분(私奔: 사랑의 도피) 하지 못함을 걱정하는 것이다. 만약 남자 쪽에서 늘 이렇게 소심하다면 그들이 금생에서 결합할 희망은 털끝만큼도 없다.

　제 3장 처음 두 구는 여자가 남자에 대해 맹세를 한다. "살아서는 집을 달리 하나니 죽어서라도 무덤을 함께 하리라, 곡즉이실 사즉동혈 穀則異室 死則同穴"의 의미는 살아서는 같이 생활할 수 없지만, 죽어서는 같이 묻히겠다는 의미이다. 이러한 생사의 약속은 사실상 생명을 포기하는 것이므로, 애정이 꿋꿋하고 한결같음을 알 수 있다. 이 여자는 또 하늘에 맹세한다. "날 못 믿겠다고 이를진댄 밝은 해가 증명하리라, 위여불신 유여교일 謂予不信 有如皦日" 여기에서 그녀는 밝은 태양이 자신의 맹세를 증명해달라고 원하고 있다. 이 여자의 굳세고 치열한 애정이 그녀의 맹세에 가득 차 있다. 만약 그녀의 사랑하는 남자가 처음부터 끝까지 그녀와 같이 손잡고 감히 도망가지 못한다면, 그들의 애정은 반드시 한 토막의 비극이 될 것이다.

## 역대 제가의 평설

《모시서 毛詩序》: "〈대거 大車〉는 주나라 대부를 풍자한 것이다. 예의는 쇠퇴하고 남녀는 음분했다. 그러므로 옛 것을 펴서 지금을 풍자하였는데 이는 당시 대부가 남녀 간의 송사를 해결하지 못한 것이다."

《열녀전 列女傳》: "부인은 옛 식(息)나라 왕의 부인이다. 초(楚)가 식을 쳐서 격파한 뒤 그 왕을 포로로 잡아 문지기를 시키고 장차 그 부인을 아내로 삼아 궁궐로 들이려 했다. 초왕이 밖으로 놀러 나갔을 때, 부인이 마침내 식나라 왕을 만나서 그에게 말했다. '인생은 한번 죽을 뿐입니다. 어찌 스스로 고통에 이르게 합니까! 첩은 잠시도 당신을 잊은 적이 없습니다. 이 몸은 끝까지 두 사람을 섬기지는 않습니다. 이승에서의 생이별이 어찌 저승으로 죽어 돌아가는 것만 같겠습니까? 이에 시를 지어 '穀則……皦日.'이라고 했다. 식나라 왕이 말렸으나, 부인은 듣지 않고 자살하고 말았다. 이에 식나라 왕도 자살하여 같은 날 함께 죽었다."

주희(朱熹) 《시집전 詩集傳》: "주나라가 쇠약해지니, 대부들이 오히려 형정(刑政)으로 그 사읍(私邑)을 다스릴 수 있었다. 그러므로 음분한 자가 두려워서 이와 같은 노래를 불렀다.

《위노시설 僞魯詩說》: "〈대거 大車〉는, 주나라 사람이 종군하면서 그의 집에 부치는 시다. 부(賦)다.

방옥윤(方玉潤) 《시경원시 詩經原始》: "주가 쇠퇴하고 세상이 어지러워지니 정벌이 한결같지 않았다. 주나라 사람이 군대에 있었는데 끝내 평화로운 해가 없었다. 아마도 이 생애에는 영원히 같이 있을 기약이 없을 것이기 때문에 아내를 생각하면서 이와 같이 영원한 이별을 하는 것이다. 그런데 그 심정은 역시 참담하다."

오개생(吳闓生) 《시의회통 詩義會通》: "마지막 장은 침울하고 절실하다. 두공(杜公: *두보를 가리킴)의 〈삼리 三吏〉〈삼별 三別〉편은 여기에 뿌리를 두고 있다."

문일다(聞一多) 《풍시유초 風詩類抄》: "《열녀전・정순편 列女傳・貞順 篇》에서는 식나라 왕의 부인의 작품이라고 했는데 믿기 어렵다. 여자의 말이라고 한 것은 맞다."

남국손(藍菊蓀) 《시경국풍금역 詩經國風今譯》: "시의 의미를 자세히 따져보면 확실히 시집갈 나이가 된 여자가 그녀의 애인을 만나러 가는 내용이다. 왜 감히 가지 못하는가? 그것은 저 두려운 '대거함함 대거톤톤 大車檻檻 大車啍啍', '취의여담 취의여문 毳衣如菼 毳衣如璊'처럼 대부의 순찰로 감히 무례한 짓을 못하기 때문에 감히 애인에게 몰래 도망쳐나가지 못한다.

진자전(陳子展) 《시경직해 詩經直解》: 〈대거〉는 초나라가 식나라를 멸망시킨 후 식왕의 부인이 남편과 나라를 따라 자살했는데 이 시는 바로 죽으면서 쓴 절명시(絶命詩)다

강음향(江陰香) 《시경역주 詩經譯注》: "병사의 원망으로 지은 시다. 일설에는 당시 백성들이 형법을 두려워하여 감히 음분을 하지 못하였다고 한다. 이는 이남(二南: *주남, 소남) 풍속과 비교하면, 서로 차이가 많이 난다."

고형(高亨) 《시경금주 詩經今注》: "이 시의 주인은 한 부녀자이다. 그녀의 부부는 강제로 이혼 당하였다. 시에서 그녀와 남편은 같은 수레를 타고 있다. (당시 그는 그녀를 처가에 대려다 주는 길이었다.) 그녀는 남편에게 같이 다른 곳으로 도망가자고 제안했고, 아울러 재가하지 않을 것이라고 맹세했다."

원매(袁梅) 《시경역주 詩經譯注》: "한 여인의 순진한 사랑이 노예주

계급의 악한 세력의 파괴와 저지를 갑자기 당하여, 그녀가 애인과 같이 결혼하여 가깝게 지낼 수 없게 된다. 그녀는 단호히 표명한다. 살아서 같은 집에 살 수 없다면 죽어서 무덤을 같이 쓰겠다. 이것은 그녀의 애정에 대한 정조이며 봉건세력에 대한 반항을 표현한 것이다."

장립보(蔣立甫) 《시경선주 詩經選注》: "이 시는, 애정은 생사 앞에서도 변하지 않음을 나타내는 시다. 이는 한 아가씨가 큰 수레를 같이 타고 있는 젊은이를 사랑하는 것 같다. ……그녀는 정인(情人)에게 확실히 같이 도망칠 것을 요구한다. 아마도 그 젊은이는 아직 망설이고 있는 것 같기 때문에 그녀는 해를 가리켜 증명하면서 그에게 생사를 같이 하고 싶다는 결심을 나타낸다."

정준영(程俊英) 《시경역주 詩經譯注》: "이 시는 한 여자가 애인을 열렬히 사랑하는 시다. 그녀는 애인과 같이 살기를 매우 희망하였지만 아직 애인의 마음이 어떠한지를 알지 못해서 감히 도망가지 못한 것이다. 그러나 그녀는 애인에게 맹세하며 그녀의 사랑이 끝까지 변하지 않음을 표시했다."

번수운(樊樹雲) 《시경전역주 詩經全譯注》: "이 시는 한편의 애정을 맹세한 시다. 시인은 상대방에게 속박을 밀쳐 깨뜨리고 용감히 집을 도망쳐나가면 자유롭게 결합할 수 있다고 주장하였다. 끝까지 애정에 대한 확고함과 불변을 표시하였다."

김계화(金啓華) 《시경전역 詩經全譯》: "큰 수레가 오고, 가는 털옷으로 된 두루마기를 입은 관리가 왔다. 그의 애인은 그와 함께 대담하게 사랑의 도피를 하여 생사를 함께 할 것을 맹세한다."

원유안(袁愈荌), 당막요(唐莫堯) 《시경전역 詩經全譯》: "여자가 남자에게 확고한 애정을 표시한 것이다."

# 七

## 비혼(悲婚: 비극적인 결혼)

애정은 남녀 간 결혼의 기초일 뿐 아니라 혼인 관계를 유지하는 기반이다. 《시경 詩經》 시대에도 애정을 기초로 한 혼인이 적지 않았다. 남녀 쌍방이 사랑에서 출발하여 스스로 결합하고, 함께 있기를 원하여 행복한 신혼 생활을 보낸다. 그러나 세월이 점차 지남에 따라 남편은 신혼의 달콤함이 시들해지고 무정하게도 아내에게 냉담하여 그녀를 슬픈 결혼의 고통 속으로 빠지게 한다.

〈구역 九罭〉(빈풍 豳風)의 여자가 다행스럽게 자기의 이상적인 남편을 찾게 게 되었을 때 남편은 오히려 그녀를 떠나려 한다. 알고 보니 그녀의 남편은 부잣집 자제로써 집안의 부모를 기만하고 이 여자와 결혼을 한 것이었다. 신혼의 아내가 아직 행복에 빠져해 있을 때 그는 부모의 압력에 굴복하여 아내를 버리고 돌아가려 한다. 비록 아내가 간절하게 충고하고 애원하며 만류하나 그는 여전히 고집스럽게 떠나려고 한다.

〈일월 日月〉(패풍 北風)의 여자가 막 결혼했을 때에는 남편과 함께 애정의 생활을 보냈다. 그러나 좋을 때도 잠깐, 남편은 막무가내로 변해버려 몹시 폭력적으로 행동한다. 그녀는 남편과 자기가 화목하기를 바라지만, 이것은 단지 공상일 뿐이다. 극도의 고통 속에 그녀는 부모가 자신을 시집보내지 말았어야 한다고 원망한다. 만약에 한평생 시집가지 않았더라면 지금과 같이 남편의 학대를 받지는 않았을 것이다.

〈백화 白華〉(소아 小雅)의 여자는 혼인의 불행을 겪는다. 남편은 그녀를 소원시하고 새 애인을 구해서, 그녀를 독수공방하게 한다. 고통 중에서도 그녀는 여전히 정에 얽매여 남편을 그리워한다.

# 1. 〈구역 九罭〉[빈풍 豳風]①

| 九罭之魚② | 구역지어 | 촘촘한 그물에 걸린 물고기 |
|---|---|---|
| 鱒, 魴③ | 준 방 | 송어와 방어로다 |
| 我覯之子④ | 아구지자 | 내가 만난 그 분 |
| 袞衣繡裳⑤ | 곤의수상 | 곤룡포 저고리 수놓은 바지 입었네 |

| 鴻飛遵渚⑥ | 홍비준저 | 기러기는 모래톱을 따라 날아간다 |
|---|---|---|
| 公歸無所⑦ | 공귀무소 | 그대 돌아가면 머물 곳이 없을 테니 |
| 於女信處⑧ | 어여신처 | 당신과 이틀 밤을 더 지내고파 |

| 鴻飛遵陸⑨ | 홍비준륙 | 기러기가 뭍을 따라 날아간다 |
|---|---|---|
| 公歸不復⑩ | 공귀불복 | 그대 돌아가면 다시 오지 않을 테니 |
| 於女信宿⑩ | 어여신숙 | 당신과 이틀 밤을 자고 싶어요 |

| 是以有袞衣兮⑪ | 시이유곤의혜 | 그래서 비단 옷이라도 숨겨서 |
|---|---|---|
| 無以我公歸兮⑫ | 무이아공귀혜 | 내님을 돌아가지 못하게 해야지 |
| 無使我心悲兮⑬ | 무사아심비혜 | 내 마음 슬프지 않도록 |

## 시구 풀이

① 〈九罭 구역〉: 한 여자의 연가이다.

豳風(빈풍): 서주(西周)시대 빈국[豳國: 지금의 섬서성(陝西省) 구읍현(枸邑縣) 서쪽]의 시가.

② 九罭(구역): 고기를 잡는 세밀한 그물.

③ 鱒(준): 송어.

魴(방): 방어.

④ 覯(구): 만나다. 남녀가 서로 즐거워하며 만나는 것을 가리킨다.

之子(지자) : 저 사람. 여기서는 여자의 연인을 가리킨다.

⑤ 袞衣繡裳(곤의수상) : 꽃무늬의 수를 놓거나 그린 옷
⑥ 鴻(홍): 들오리. 큰 기러기 종류인 물새의 일종. 호수와 늪에 모여
  살기를 좋아한다.
  遵(준): ~을 따라서.
  渚(저): 물속에 있는 작은 섬(모래톱).
⑦ 公(공): 즉 "之子"를 가리킨다. 일설에는 귀족남자에 대한 존칭.
⑧ 於(어): ~와.
  女(녀) : 汝(여: 너)와 같다.
  信(신) : 이틀 묵다.
  處(처) : 함께 있다.
⑨ 陸(륙): 육지.
⑩ 信宿(신숙): "信處"와 같다. 즉, 이틀을 묵으며 머문다.
⑪ 有(유): 숨기다. 문일다(聞一多)《시경유초 詩經類抄》: "有는 그것
  을 감추다"
⑫ 無以(무이): ~으로 하여금 못하게 하다.
⑬ 悲(비): 이별 때문에 몹시 슬프다.

## 감상과 해설

〈구역 九罭〉 이 시의 주인공은 진지하고 다정한 여자다. 그녀는 갓 결혼한
새 신랑을 간절히 사랑하고 있다.
전체 시는 모두 4장이다.
제 1장의 첫 두 구 "촘촘한 그물에 걸린 물고기 송어와 방어로다, 구역지어
준 방 九罭之魚 鱒 魴"은 세밀한 구멍의 그물을 이용하여 물고기를 잡는데,
본래 작은 물고기 몇 마리밖에 잡을 수 없다. 그러나 생각지도 않게 송어,

방어와 같은 큰 물고기를 잡았으니 어부의 마음은 마땅히 얼마나 기쁘겠는가!

《시경 詩經》 가운데 여러 차례 어(魚: 고기), 포어(捕魚: 고기를 잡다), 식어(食魚: 고기를 먹다) 로써 애정과 혼인을 비유한다.

제 1장 첫 두 구는 흥구(興句)인데, 아래 문장의 "아구지자 我覯之子"를 은유한다. 여자 시인은 맘에 꼭 들어맞는 남편을 찾아냈다. 갓 결혼한 남편이 비단에 수놓은 옷을 입은 것을 보며, 그녀는 뜻밖의 기쁨을 느끼고 스스로 자랑스럽게 여기니 마음이 몹시 흐뭇하다. 그녀는 자기가 얻은 애정에 대해 매우 만족한다. 하나님께서 이렇게 아름다운 부부의 인연을 그녀에게 베풀어주신 것을 조금도 예상하지 못했다.

제 2장의 첫 구 "기러기는 모래톱을 따라 날아간다, 홍비준저 鴻飛遵渚"는 기러기가 물속에서 작은 모래톱을 끼고 비상하는 것을 묘사한다. 아래 시구 "그대 돌아가면 머물 곳이 없을 테니, 공귀무소 公歸無所"와 연계해서 보면 기러기는 여 시인의 신랑을 비유한 것이 분명하다. 기러기는 본래 물속에서 먹을 것을 찾아야만하고, 작은 모래톱을 따라 날아서는 안 된다. 갓 결혼한 신랑은 본래 마땅히 아내 곁에 남아있어야지 집을 나서 멀리 떠나서는 안 된다. 그러나 왜 그런지는 모르겠으나 시에서 신랑은 집을 떠나가려고 한다. 아내는 당연히 헤어지기 아쉬워하여 그를 말린다.

"공귀무소 公歸無所"는 사람이 집을 떠나 밖으로 나가면 머무를 곳이 없으니, 집을 떠나 밖에 거처하면 가정적인 천륜의 즐거움을 누릴 수 없다는 것을 암시한다. 그러나 충고가 영향을 미치지 못하고, 단지 아내의 입장으로서 하는 수 없이 만류한다.

"당신과 이틀 밤을 더 지내고파, 어여신처 於女信處"는 남편이 집에서 며칠 더 지내기를 요구하는 것이다.

제 3장에 첫 구 "기러기가 뭍을 따라 날아간다, 홍비준륙 鴻飛遵陸"은

기러기가 물속에서 먹이를 찾아야지 육지를 따라 날면 안 된다는 말이다. 이 구에서 비유한 뜻은 여전히 남편은 갓 결혼한 신부를 떠나 밖으로 나가면 안 된다는 것이다. 여자 시인의 남편은 그녀의 속마음을 이해하지 못하고 고집스럽게 집을 떠나려고 한다. 아내는 그에게 애원하는 수밖에 없다.

"당신과 이틀 밤을 자고 싶어요, 어여신숙 於女信宿"은 바로 그가 며칠 밤을 더 머물기를 바라는 것이다.

제 4장은 여전히 여자 시인의 말을 묘사한 것이다. 왜냐하면 남편이 충고의 말을 듣지 않고 완고하게 집을 떠나려 하자, 그녀는 하는 수 없이 억지로 만류하는 조치를 취한다. 그녀가 말하기를 내가 당신의 "곤룡포 저고리 수놓은 바지 입었네, 곤의수상 袞衣繡裳"을 숨기면 당신이 나를 떠나 딴 곳으로 돌아가지 않고, 내 마음에 슬픔이 가득 차게 하지도 않게 할 것이다.

신혼부부는 정리에 따르자면 차마 떨어질 수 없는 것이다. 그러나 이 신랑은 왜 나가려고 하는 것일까? 어디로 가려고 하는 것일까? 시에서 3개의 "귀(歸)"를 통해 보면 그는 돌아가려는 것이다. 이렇게 말하면, 그는 또 하나의 집이 있는 것이다. 그것은 어쩌면 그의 부모가 사는 곳일 것이다. 이 남자가 "곤의수상 袞衣繡裳"을 입은 것으로 보아 그는 한 부유한 가정에서 출생하였다. (어떤 사람이 해석하기를 "공(公)"은 이 시에서 귀족남자에 대한 존칭이라고 말했다.)

"그대 돌아가면 다시 오지 않을 테니, 공귀불복 公歸不復"은 남편이 돌아간 후에 다시는 돌아오지 못할 것을 아내가 걱정하는 것이다. 이것에 비추어 보건대, 그 남자는 어쩌면 부모를 등지고 이 여자와 동거하는 것이다. 지금 그는 또 부모의 압력에 굴복하여 갓 결혼한 신부를 내팽개친 것이다. 아내가 그다지도 간절하게 그가 집을 떠나지 않기를 애원하며, 심지어 그의 옷을 숨기려 하는 것도 이상한 일이 아니다. 사실, 물건을 남겨도

마음을 머물게 하기는 어려운 것이니, 사랑에 눈이 먼 여자가 박정한 신랑의
마음을 움직이지 못한다.

　전체 시는 "상견의 기쁨, 상견지희 相見之喜"로 시작하는데 여자 시인은
다행스럽게 자기의 이상형의 남편을 만났다. 그러나 그녀는 단지 외양만
보았기 때문에 상대방의 속마음을 볼 수가 없었고, 결국 그녀는 마음을
배신한 남자에게 시집간 꼴이다. 비록 그녀가 충고하고 애원하며 억지로
붙들었지만 모든 것이 전혀 이 일에 도움이 되지 않았다. 정 많은 한 여자의
혼인 비극은 이렇게 발생한 것이다.

## 역대 제가의 평설

　《모시서 毛詩序》: "〈구역 九罭〉은 주공을 찬미한 시다. 주나라 대부가
조정에서 주공의 덕을 몰라줌을 풍자한 시다."

　공영달(孔穎達) 《모시정의 毛詩正義》: "주공(周公)이 이미 섭정(攝政)
을 하여 동쪽으로 정벌한지 3년이 되자 죄인을 모두 잡아들였다. 그러나
성왕(成王)이 근거없는 소문에 미혹되어 주공이 한 짓을 기뻐하지 않았다.
주공이 또한 동쪽 정벌을 그치고 성왕의 부름을 기다렸다. 그러나 성왕이
이를 깨닫지 못하고 그를 맞이하러 가지 않았다. 그래서 주나라 대부가
이 시를 지어서 왕을 풍자하였다."

　주희(朱熹) 《시집전 詩集傳》: "첫 장: 이 또한 주공(周公)이 동쪽에 살
때, 동쪽 사람들이 그를 볼 수 있게 된 것을 기뻐하였다. …… 즉 그가
'곤의수상 袞衣繡裳'을 입은 것을 보았다. 끝 세 장: 이틀 밤을 거처하고
이틀 밤을 묵는 것은 동쪽에 이러한 곤의(袞衣)를 입은 사람이 있음을
말한다. 또 여기에 머물기를 원해서 주공이 돌아가는 것을 서둘러 배웅하지

않았다. 그것은 돌아가면 장차 다시 돌아오지 않아, 우리를 슬프게 할 것이기 때문이다."

요제항(姚際恒) 《시경통론 詩經通論》: "주공(周公)이 장차 서쪽으로 돌아가려고 하자 동쪽 사람들이 그를 만류했으나 듣지 않자 마음이 슬퍼서 이 시를 지었다. 첫 장은 구역(九罭)과 준방(鱒魴)으로써 흥을 일으켜 처음 그를 본 것을 추억하는 것이다. 2,3장은 홍(鴻)으로써 흥을 일으켜서 주공이 돌아가면 장차 다시오지 않을 것이니 잠시 이틀 밤을 그대와 함께 있고자 할 따름이다. …… 마지막 장은 그 정을 말한 것이다."

문일다(聞一多) 《풍시유초 風詩類抄》: "이 시는 잔치하고 즐길 때 주인이 손님을 머무르게 하려고 지은 시다."

고형(高亨) 《시경금주 詩經今注》: "이 시는 당시 서주국(西周國)의 사람들이 폭동을 일으켜 여왕(厲王)을 몰아낼 때 지은 것이거나, 혹은 군사가 침입하여 유왕(幽王)을 죽여 호경(鎬京)에 대란이 났을 때 지은 것이다. 빈읍(豳邑)에 어떤 이가 이 때에 호경으로 가는 도중에 어떤 집에서 밥을 먹으며 머물고 있었다. 주인이, 호경은 위험하다고 생각하여 이 시를 지어서 그에게 가지 말라고 충고한 것이다."

원매(袁梅) 《시경역주 詩經譯注》: "진지하고 다정한 여자가 열렬하게 신랑을 사랑하고 있어서 헤어짐을 아쉬워한다. 그러나 상대방은 그 속마음을 이해하지 못하고 그녀를 떠나가려고 하여 그녀의 마음을 슬프게 한다."

남국손(藍菊蓀) 《시경국풍금역 詩經國風今譯》: "내가 보기에 이 시는 한 수의 연가인 것 같다."

양합명(楊合鳴), 이중화(李中華) 《시경주제변석 詩經主題辨析》: "이것은 빈(豳) 땅의 상층귀족 청년의 연가다. 《시경 詩經》은 남녀가 배우자를 고르는 것을 묘사하면서 자주 물고기나 기러기로써 비유하였다. …… 본 시도 이와 같다.

첫 장의 앞 두 구가 말하는 '구역지어 九罭之魚, 준 鱒 방 魴'에서 준과 방은 큰 물고기다. 큰 물고기를 낚을 때 어부의 마음의 희열은 자연스러운 것이다. 여자가 이상형의 좋은 배우자를 찾아서 느끼는 행복한 감정은 두말할 나위도 없는 것이다.

그 다음의 두 구는 그 남자에 대한 묘사이다. 그녀가 그와 만났을 때, 그는 아름다운 '곤의수상 袞衣繡裳'을 입고 있었다.

제 2, 3장은 그가 돌아가려는 것을 묘사하였다. 마치 한 마리 기러기가 모래톱을 따라서, 혹은 강가에 딱 붙어서 날아가려는 것과 같다. 그는 어디로 돌아가려 하는 것인가? 그녀는 상상할 도리가 없다. 그는 언제 다시 올 수 있을 것인가? 그녀는 역시 파악할 수 없다. 그래서 그녀는 극구 만류하여 말한다. "아! 당신이 이삼일 저녁만 더 머무르시기를 원해요!'

제 4장은 역시 여자의 말이다. 그녀가 말한다. "나는 당신의 '곤의수상 袞衣繡裳'을 숨길꺼예요! 당신은 나를 떠나 딴 곳으로 가려 하지 마세요. 내 마음을 너무 슬프게 하지 마세요."

번수운(樊樹雲) 《시경전역주 詩經全譯注》: "이것은 손님을 만류하는 한 수의 시다. 시인은 예복을 입은 귀족 공후에 대하여 있는 힘을 다해 만류한다. 그를 떠나게 해서 슬퍼지는 것을 바라지 않는다."

정준영(程俊英) 《시경역주 詩經譯注》: "이 시는 주인이 손님을 만류하는 것이다. 이 손님이 곤의수상 (袞衣繡裳)을 입은 것을 보면 당연히 귀족임을 알 수 있다."

원유안(袁愈荌), 당막요(唐莫堯) 《시경전역 詩經全譯》: "동쪽 사람들의 주공(周公)에 대한 아쉬움이다. 일설에는 귀족의 잔치에서 손님을 만류하는 시라고 한다."

김계화(金啓華) 《시경전역 詩經全譯》: "주공(周公)을 찬미하고 그를 만류하여 떠나지 않게 하려는 것이다."

## 2. 〈일월 日月〉 [패풍 邶風]①

| | | |
|---|---|---|
| 日居月諸② | 일거월저 | 해와 달은 |
| 照臨下土③ | 조림하토 | 대지를 비추건만 |
| 乃如之人兮④ | 내여지인혜 | 바로 이런 사람만은 |
| 逝不古處⑤ | 서불고처 | 옛날처럼 날 대해주지 않는구나 |
| 胡能有定⑥ | 호능유정 | 어떻게 그 마음 잡을 수 있을까 |
| 寧不我顧⑦ | 영불아고 | 나를 거들떠보지도 않네 |

| | | |
|---|---|---|
| 日居月諸 | 일거월저 | 해와 달은 |
| 下土是冒⑧ | 하토시모 | 대지를 덮어주건만 |
| 乃如之人兮 | 내여지인혜 | 이 같은 사람만은 |
| 逝不相好⑨ | 서불상호 | 날 사랑해주지 않는구나 |
| 胡能有定 | 호능유정 | 어찌하면 마음 잡을 수 있을까 |
| 寧不我報⑩ | 영불아보 | 나에게 보답조차 하지 않네 |

| | | |
|---|---|---|
| 日居月諸 | 일거월저 | 해와 달은 |
| 出自東方⑪ | 출자동방 | 동녘에서 떠오르는데 |
| 乃如之人兮 | 내여지인혜 | 이 같은 사람만은 |
| 德音無良⑫ | 덕음무량 | 품행이 좋지 않구나 |
| 胡能有定 | 호능유정 | 어찌하면 마음 잡을 수 있을까 |
| 俾也可忘⑬ | 비야가망 | 날 완전히 잊었는가 |

| | | |
|---|---|---|
| 日居月諸 | 일거월저 | 해와 달은 |
| 東方自出 | 동방자출 | 동녘에서 떠오르는데 |
| 父兮母兮⑭ | 부혜모혜 | 아버지 어머니 |
| 畜我不卒⑮ | 휵아부졸 | 나를 끝까지 길러 주지 않으셨네 |
| 胡能有定 | 호능유정 | 어찌하면 마음 잡을 수 있을까 |
| 報我不述⑯ | 보아불술 | 내게 무례하게 대하네 |

시구 풀이

① 〈日月 일월〉: 어떤 아내가 불행한 결혼을 당하여 부른 슬픈 노래다.
   邶風(패풍): 주대(周代) 패국(邶國: 후에 위나라로 편입되었는데,
   옛터는 지금의 하남성 북부에 있음)의 시가.

② 居(거), 諸(저): 모두 어기조사다.

③ 下土(하토): 대지.

④ 乃(내): 여기서는 '뜻밖에, 끝내, 결국, 오직'이다.
   如之人(여지인): 이 같은 사람. 그 남편을 가리킨다.

⑤ 逝(서): 발어사. 일설에는 誓(서: 절대로, 맹세코)와 통한다고 한다.
   古處(고처): 즉 故處로서, '옛날 함께 지내던 것처럼'이란 뜻이다.
   不古處(불고처)라 함은 지난날의 태도로 대해주지 않음을 가리킨
   다.(즉, 서로 사이가 좋지 않다는 뜻)

⑥ 胡(호): 어찌, 어찌하여.
   定(정): 멈추다. 더 이상 변화하지 않음을 가리킨다.

⑦ 寧(녕): 설마…란 말인가. 일설에는 乃와 통한다고 한다.
   不我顧(불아고): 나를 돌보지 않다.
   顧(고): 생각하다. 자상하게 돌보다.

⑧ 下土是冒(하토시모) : 照臨下土(조림하토)와 뜻이 같다.
   冒(모): 가리다. 덮다.

⑨ 相好(상호): 서로 사랑하다.

⑩ 報(보): 보답하다. 사례하다.

⑪ 出自東方(출자동방): 뒷 문장의 東方自出(동방자출)과 뜻이 같으
   며, 모두 조림하토(照臨下土)의 뜻을 내포하고 있다.

⑫ 德音無良(덕음무량): 품행이 좋지 않다. 일설에는 '일언반구도 달
   콤한 말을 하지 않는다'라고도 한다.

⑬ 俾(비): …로 하여금(어떤 효과를 내게 하다)

⑭ 父兮母兮(부혜모혜): 이 시에서는 여자가 부모에게 큰소리로 울부
짖으며 괴로움을 하소연하고, 도움을 간청하는 것으로, 이것은 사
람의 고통과 고난 속에서 항상 있는 표현이다.

⑮ 畜(휵): 양육하다.

　　卒(졸) : 마치다.

⑯ 述(술): 도리에 따라 일을 하다.

## 감상과 해설

〈일월 日月〉 시의 주인공은 불행한 결혼을 한 여자로, 그녀는 시에서
자신의 고통스러운 운명을 울며불며 하소연하고 있다.

전체 시는 모두 4장이다.

제 1장 첫 두 구 "해와 달은 대지를 비추건만, 일거월저 조림하토 日居月諸
照臨下土"는 해와 달이 대지를 두루 비춘다는 것으로써 흥(興)을 일으켜,
남편은 마땅히 자신의 아내를 생각해 주어야 한다는 것을 은유적으로 나타낸
다. 남편은 해와 달 같고, 아내는 흡사 대지와 같은 것이니, 아내는 남편의
따스한 사랑을 받기를 간절히 바라고 있다.

"바로 이런 사람만은 옛날처럼 날 대해주지 않는구나, 내여지인혜 서불고
처 乃如之人兮 逝不古處" 이 두 구의 시에서 볼 때, 이 여시인과 그녀의
남편은 결혼 초에는 서로 사이가 좋았고 사랑하던 생활도 있었지만, 좋았던
날은 오래 가지 않고 그녀의 남편은 점점 변해만 갔다. 여시인은 침통하게
"천하에 우리 남편만이 아내와 함께 지내면서 변하였구나"라고 하소연한다.

"어떻게 그 마음 잡을 수 있을까 나를 거들떠보지도 않네, 호능유저
영불아고 胡能有定 寧不我顧"란 그녀의 남편이 너무나 무례하게 변하고

함부로 화를 내어, 여태껏 아내를 보살펴 주고 자상하게 돌보아 주지 않았음을 얘기하고 있다. 처음에 남편은 그녀에게 그렇게 잘 대해주었건만, 지금은 도리어 이렇게 나쁘게 변했음을 생각한다. 현재와 과거를 비교하니, 아내는 비할 바 없이 슬퍼진다.

제 2장의 첫 두 구도 여전히 '해와 달이 대지를 밝게 비춘다'는 것으로 흥(興)을 일으켜, 남편은 마땅히 자기의 아내를 생각해 주어야 함을 은유적으로 말하고 있다. 결혼 초에는 여시인도 남편의 총애를 받아 부부가 화목했다. 그 때, 만약 아내를 대지에 비유한다면, 남편은 바로 아내에게 따스함을 전해주는 해와 달이었다. 그러나 이런 좋은 나날들은 너무 짧았다. 비록 아내는 여전히 남편을 사랑하고 있지만, "이 같은 사람만은 날 사랑해주지 않는구나, 내여지인혜 서불상호 乃如之人兮 逝不相好"로서 남편은 오히려 부부의 정리(情理)를 생각하지 않고, 더 이상 그녀를 사랑하지 않는다.

게다가, "어찌하면 마음 잡을 수 있을까 나에게 보답조차 하지 않네, 호능유저 영불아보 胡能有定 寧不我報"에서, 남편의 성격은 대단히 난폭하게 변해 아내를 돌보고 보살펴 주지 않을 뿐만 아니라, 늘 그녀를 학대하였다. 아내는 남편을 그렇게 좋게 대해주건만, 남편은 도리어 아내를 원수처럼 여기고 있다. 그 은원(恩怨)의 대조로 아내는 더욱 한없이 슬프고 괴롭다.

제 3장 첫 두 구 "해와 달은 동녘에서 떠오르는데, 일거월저 출자동방 日居月諸 出自東方"에서는 '해와 달이 동쪽에서 떠오른다'는 것으로써 흥(興)을 일으켜, 남편은 일을 함에 있어서 상리(常理)를 따라야 하며, 아내를 근심하고 슬프게 해서는 아니 됨을 은유적으로 나타낸다. 그러나 일은 뜻대로 되지 않는다.

"이 같은 사람만은 품행이 좋지 않구나, 내여지인혜 덕음무량 乃如之人兮 德音無良", 남편은 너무나 무례하게 변하여 아내에게 일언반구 좋은 말을 하지 않는다. "어찌하면 마음 잡을 수 있을까 날 완전히 잊었는가, 호능유정

비야가망 胡能有定 俾也可忘", 그의 성격은 더더욱 난폭하게 변하여, 이미 완전히 아내의 생사를 살피지 않게 되었다. 그의 행위는 완전히 사람의 상식적인 도리를 어겨 버렸다.

제 4장의 첫 두 구도 여전히 '해와 달이 동쪽에서 떠오른다'로 흥(興)을 일으켜, 남편은 무릇 상식적 도리를 따라 빨리 잘못을 고쳐서 새롭게 아내와 화목하게 지내야 한다고 은유하고 있다. 그러나 이것은 단지 아내의 외곬적인 생각일 뿐, 남편의 마음이 너무나 모진 것은 어찌 할 도리가 없다.

여시인은 고통 속에서 스스로 헤어나올 수 없게 되자 할 수 없이 "아버지 어머니, 부혜모혜 父兮母兮"라 외치고 부모에게 하소연하며 도움을 간청하게 된다. "휵아부졸 畜我不卒"란 바로 부모가 자신을 시집보내지 말고, 평생 부모의 곁에서 지켜주어야 했다며 원망하는 것이다. 그랬다면, 오늘날 이러한 학대와 고통은 당하지 않았을 것이다.

끝의 두 구 "어찌하면 마음 잡을 수 있을까 내게 무례하게 대하네, 호능유정 보아불술 胡能有定 報我不述'의 뜻은 자신의 부모에게 딸의 남편이 냉혹하고 무정하며, 행동이 무례하고, 그의 행위가 완전히 인지상정(人之常情)에 어긋난다고 말하는 데에 있다.

이는 그야말로 혼인의 비극(悲劇)이다. 일찍이 노예사회에서 젊은 여자는 자신의 운명을 주관할 방법이 없었다. 그녀들은 다만 "부모의 명령, 중매쟁이의 혼담"이라는 규범에 의해서 자신이 잘 알지도 못 하는 남자와 부부로 맺어져야 했다. 만약 남자가 가식적이고 품행이 좋지 않은 사람이라면, 그녀 일생의 행복은 완전히 매장되어버릴 것이다. 이 시의 여주인공이 바로 이같은 불행한 결혼에 부딪힌 것이다.

역대 제가의 평설

《모시서 毛詩序》: "〈일월 日月〉은 위(衛)나라 장강(莊姜)이 자신의 처지를 슬퍼한 시다. 주우(州吁)의 난을 당하여 자신이 남편에게 보답을 받지 못해 곤궁함에 이른 것을 슬퍼한 시다."

주희(朱熹) 《시집전 詩集傳》: "장강(莊姜)이 장공(莊公)에게 보답 받지 못하니, 해와 달을 부르며 하소연하고 있다. 말하자면 '해와 달은 대지를 영구히 비추지만, 지금 이같은 사람은 옛 도리로 함께 지내지 않는다. 그 심지가 간사하고 미혹되니 또 어찌 일정함이 있겠는가? 어째서 유독 나만을 돌보아주지 않는가?'라는 의미다. 버림받음이 이와 같은데도 오히려 그에게 바라는 뜻이 있으니, 이 시가 후덕한 이유가 된다."

여조겸(呂祖謙) 《여씨가숙독시기 呂氏家塾讀詩記》: "부인이 홀대를 당하면, 그 태자의 지위와 명망이 또한 경시되어 이것이 나라의 근본이 흔들리게 되는 까닭이다. 장강(莊姜)이 보답 받지 못 하니, 환공(桓公: 完)의 지위 또한 어찌 일정함이 있겠는가?"

문일다(聞一多) 《풍시유초 風詩類抄》: "아내가 사랑 받지 못 하였다."

진자전(陳子展) 《시경직해 詩經直解》: "〈일월 日月〉은 위(衛)나라 장강(莊姜)이 자신의 처지를 슬퍼하며 지은 서정적 작품으로, 장공(莊公)에게 사랑 받지 못하던 때에 쓰여졌다. 《시서 詩序》 첫 구는 오류로 보이지 않으나, 나머지 말들은 알 수가 없다."

양합명(楊合鳴)·이중화(李中華) 《시경주제변석 詩經主題辨析》: "〈일월 日月〉은 한 아내가 불행한 결혼을 만났기 때문에 부른 슬퍼하고 원망하는 노래이다.

옛 학설에도 이것은 장강(莊姜)이 지위를 잃자 자신의 처지를 슬퍼하며 자신의 마음을 토로해 놓은 작품이라 여긴다. 심지어 어떤 사람은 '호능유정 胡能有定'이란 이 시구가 국가의 근본이 흔들리고 국왕의 자리가 안정되지 못함을 근심하고 슬퍼함을 의미한다고 말하고 있다.

평범한 아내의 원망하는 말을 국왕의 부인에 의해 지어진 작품이라고 억지로 끌어대면서, 또 그 속에 지극히 그윽하고 곡진한 정치적 우의(寓意)를 담고 있다고 주장하지만, 이는 분명한 견강부회(牽强附會)다. 따라서 일반적으로 후대의 사람들은 이러한 의견을 채용하지 않고 있다."

고형(高亨) 《시경금주 詩經今注》: "이것은 아내가 남편의 학대를 받아 부른 비통한 노래 소리다."

원매(袁梅) 《시경역주 詩經譯注》: "이 여자의 남편은 냉혹하고 무자비하여 항상 아내를 학대하였다. 그녀는 지긋지긋하도록 고통을 당하고 마음이 슬퍼서 천지 부모를 불러 울며불며 하소연하고 원망한다."

번수운(樊樹雲) 《시경전역주 詩經全譯注》: "이것 또한 남편에게 버림받은 부인의 원망과 분개의 시다. 여자는 그 남편이 그녀를 버려서 생긴 비분(悲憤)을 성토하고 있다. 전체 시는 모두 4장으로 매 장(章)마다 해와 달로 흥(興)을 일으켜 남편이 음침하고 무섭다고 반친(反襯: 문예나 회화에서 그 반대 면을 묘사함으로써 그 정면을 표현하는 기법)하고 있다."

정준영(程俊英) 《시경역주 詩經譯注》: "이것은 한 버림받은 아내가 원망과 슬픔을 호소하는 시다. 고대의 학자들은 위(衛)나라 장강(莊姜)이 장공(莊公)에게 버림받은 후에 지은 작품으로 보고 있으나 그것이 정확한지는 아직 모른다."

김계화(金啓華) 《시경전역 詩經全譯》: "여자가 버림받은 후 상대방의 무정함을 성토하였다."

강음향(江陰香) 《시경역주 詩經譯注》: "이것은 위(衛)나라 장강(莊姜)이 장공(莊公)의 총애를 잃자 스스로 상심하여 지은 시다."

# 3. 〈백화 白華〉[소아 小雅]①

| 白華菅兮② | 백화관혜 | 하얀 꽃의 솔새풀 |
| 白茅束兮③ | 백모속혜 | 흰 띠풀에 감겼네 |
| 之子之遠④ | 지자지원 | 그 사람 멀리 떠나가 |
| 俾我獨兮 | 비아독혜 | 나만 홀로 외롭게 하네 |

| 英英白雲⑤ | 영영백운 | 흰 구름 가볍게 날며 |
| 露彼菅茅⑥ | 노피관모 | 저 솔새랑 띠풀이랑 적신다 |
| 天步艱難⑦ | 천보간난 | 시운은 어렵게만 되어가 |
| 之子不猶⑧ | 지자불유 | 그 사람 정리를 거스르네 |

| 滮之北流⑨ | 퓨지북류 | 퓨지의 물은 북으로 흘러 |
| 浸彼稻田 | 침피도전 | 저 논을 적셔준다 |
| 嘯歌傷懷⑩ | 소가상회 | 길게 노래하며 근심 가득한 채 |
| 念彼碩人⑪ | 염피석인 | 저 님을 생각하네 |

| 樵彼桑薪⑫ | 초피상신 | 저 뽕나무 땔감을 베어다가 |
| 卬烘于煁⑬ | 앙홍우심 | 화덕에 불을 지피네 |
| 維彼碩人⑭ | 유피석인 | 그리운 저 님은 |
| 實勞我心 | 실로아심 | 실로 내 마음을 괴롭히네 |

| 鼓鍾于宮⑮ | 고종우궁 | 집에서 종을 치니 |
| 聲聞于外 | 성문우외 | 그 소리 밖으로 들리네 |
| 念子懆懆⑯ | 염자조조 | 님 생각에 애가 타는데 |
| 視我邁邁⑰ | 시아매매 | 모질게 화를 내며 날 대하네 |

| 有鶖在梁⑱ | 유추재량 | 물새는 어량에 있고 |
| 有鶴在林 | 유학재림 | 두루미는 숲 속에 있네 |
| 維彼碩人 | 유피석인 | 그리운 저 님은 |
| 實勞我心 | 실로아심 | 실로 내 마음을 괴롭히네 |

| 鴛鴦在梁⑲ | 원앙재량 | 어량에 원앙새 한 쌍 |

| | | |
|---|---|---|
| 戰其左翼⑳ | 집기좌익 | 왼쪽 날개 접고 맞붙어 있건만 |
| 之子無良 | 지자무량 | 그 사람은 양심도 없어 |
| 二三其德㉑ | 이삼기덕 | 그 마음을 이랬다 저랬다 |
| | | |
| 有扁斯石㉒ | 유편사석 | 작고 작은 이 디딤돌 |
| 履之卑兮㉓ | 이지비혜 | 낮아서 밟고 올랐지 |
| 之子之遠 | 지자지원 | 그 사람 멀리 떠나가 |
| 俾我疷兮㉔ | 비아저혜 | 내 마음 아프게 하누나 |

## 시구 풀이

① 〈白華 백화〉: 한 귀족 부녀자가 버림받은 이후에 지은 원망의 시다.

　小雅(소아): 서주 시대 수도 부근의 땅[주나라 천자가 직접 통치한 지역, 지금의 섬서성 서안시(西安市) 주위 일대]의 시가.

② 華(화): 花와 같다.

　菅(관): 띠의 일종. 다른 이름으로는 솔새, 갈대, 참억새.

③ 茅(모): 띠풀. 가을에 버들개지 같은 하얀 꽃을 피우고, 줄기와 잎은 꼬아서 새끼줄을 만들 수 있다.

④ 之子(지자): 저 사람. 작자의 남편을 가리킨다.

　遠(원): 소원해지다. 내버려두고 돌보지 않다.

⑤ 英英(영영): 구름이 밝고 깨끗하며 가볍게 날리는 모양.

⑥ 露(로): 젖다. 젖어 있다.

⑦ 天步(천보): 시운.(시대나 때의 운수)

⑧ 猶(유): 도리. 정리.

　不猶(불유): 정리에 위배되는 것을 말함.

⑨ 滮池(퓨지): 옛 강물 이름. [풍(豊)과 호경(鎬京) 사이의 못 이름]

⑩ 嘯歌(소가): 소리를 길게 뽑아 시가를 읊조림.

⑪ 碩人(석인): 여기서는 남편을 가리킴.

⑫ 樵(초): 나무를 베다.

⑬ 卬(앙): 나. 고대 여자의 자칭.

　烘(홍): 불에 굽다.

　煁(심): 옮길 수 있는 작은 아궁이. 화덕. 옛날에 물건을 구울 때 사용하는 데 쓰였으나 밥을 짓거나 반찬을 만들기 위해 굽지는 못함.

⑭ 維(유): 惟와 같다. 생각하다 그리워하다.

⑮ 鼓(고): 치다. 두드리다.

⑯ 慅慅(조조): 근심하여 불안해하는 모양.

⑰ 視(시): 대우하다. 다루다.

　邁邁(매매): 怖怖(포포)와 같다. 모질게 화내는 모양.

⑱ 有(유): 접두사. 뜻이 없음. 아래도 이와 같다.

　鶖(추): 수조. 물새. 학과 닮았으나 더 크다. 성격은 사납고 흉악함.

　梁(량): 어량. 고기댐. 고기보.

⑲ 鴛鴦(원앙): 암수가 항상 서로 동행함. 옛날부터 화목한 부부에 비유됨.

⑳ 戢(집): 거두다. 여기서는 원앙이 입을 날개 속에 집어넣고 휴식하는 것을 가리킨다.

㉑ 二三(이삼): 형상이 다양하게 변함. 정확한 표준이 없음.

　德(덕): 품덕. 여기서는 감정을 가리킨다.

㉒ 有扁(유편): 즉 扁扁. 작고 작다.

　斯(사): 이것. 여기.

　石(석): 승석(乘石). 옛날 귀족이 올라탈 때 발에 받치기 위해서 쓰였던 돌.

㉓ 履(리): 밟다.

　卑(비): 낮다.

㉔ 疷(저): 근심의 병.

## 감상과 해설

〈백화〉는 버림받은 여자의 시다. 한 귀족 부녀자가 남편에게 버림을 받고 나서 그녀는 이 시에서 깊숙히 원망하고 가슴에 상처 입은 심정을 직접적으로 서술한다.

전체 시는 8장으로 나뉜다.

제 1장의 첫 두 구 '하얀 꽃의 솔새풀 흰 띠풀에 감겼네, 백화관혜 백모속혜 白華菅兮 白茅束兮'는 하얀 꽃이 피어있는 솔새풀이 흰 띠풀에 의해 감겨져 있는 것을 묘사했다. 3,4구의 '그 사람 멀리 떠나가 나만 홀로 외롭게 하네, 지자지원 비아독혜 之子之遠 俾我獨兮'의 뜻은 남편이 나를 멀리하여 나를 혼자 고독하게 생활하도록 한 것을 말한다. 만약에 앞의 두 구와 뒤의 두 구를 연결시켜 보면 곧 어렵지 않게 앞의 두 구에서 채용한 것은 비, 흥의 수법이요, 뒤의 두 구는 곧 단도직입적으로 마음속에 품고 있는 말을 서술한 것임을 알 수 있다. 제 1장의 내용은 "자연계에서 생장하는 흰 띠풀조차 솔새풀을 사로잡아 휘감고 있건만 나의 남편은 독한 마음으로 나를 멀리한다. 남편이 이렇게 무정하니 휘감고 있는 흰 띠풀과 전혀 비교가 안 된다."라고 말하고 있다.

제 2장에서는 "하늘에 떠다니는 흰 구름도 땅에서 자라는 솔새풀을 촉촉하고 윤기 있게 만드는데 나의 시운이나 상황은 오히려 더 힘들고 고통스럽다. 남편은 정리를 어겨서 하늘 위의 흰 구름이 솔새와 띠풀에게 갖는 정(情)과 의(義)보다도 못하다."라는 내용이다.

제 3장에서는 "퓨지의 물마저도 오히려 농경지에 물을 대줄 수 있는데 나는 남편의 사랑을 얻지 못하여 어쩔 수 없이 길게 노래 부르고 울면서 바보처럼 그를 그리워 할 뿐이다. 연못의 물도 정을 지니고 있는데 남편은 너무나 무정하다"라고 말하고 있다.

제 4장에서는 "잘게 다듬은 뽕나무 땔감이 작은 화덕에서 불살라 쓰여지니, 좋은 나무는 태워져 못 쓰게 되었다. 나의 마음은 남편을 그리워하고 있으나 장부의 행동은 오히려 나에게 고통을 주어서 나의 마음은 헛되이 되어버렸다."라고 말하고 있다.

제 5장에서는 "집에 있는 큰 종이 울린 후에 그 소리는 집밖에까지 전달될 수 있다. 나는 남편에 대한 그리움으로 매우 우울하고 불안하다. 하지만 남편은 왜 나를 동정할 수 없는가? 도리어 나에게 화를 내는가? 종소리도 하물며 멀리 전달되어 나갈 수 있는데 나의 마음은 오히려 남편에게 이해되지 못한다."라고 말하고 있다.

제 6장에서는 "얄미운 물새가 어량위에서 물고기를 먹고, 순결한 흰 두루미는 도리어 나무숲에서 굶주린다. 나는 고통스럽게 남편을 그리워하고 있지만 남편의 행위가 나로 하여금 더 고통스럽게 한다. 나의 좋은 마음이 보답을 받지 못한다."라고 말하고 있다.

제 7장에서는 "원앙새조차 오히려 암수가 서로 같이 할 수 있지만 나의 남편은 도리어 사랑에 대해서 전념하지 못한다. 딴 마음을 품고 새로운 첩을 사랑한다."라고 말하고 있다.

제 8장에서는 "발을 받치는 돌은 사람이 수레에 올라탈 때 밟고 올라가도록 도와준다. 돌은 비록 천하지만 사람들은 늘 디딘다. 나의 남편은 나를 버리고 나로 하여금 온 몸이 병들게 한다. 나의 운명은 한 덩어리의 받침돌보다도 못한 것인가."라고 말하고 있다.

이 시에서 매장의 앞 두 구는 비, 흥의 수법을 채용했고, 뒤 두 구는 시인의 아프고 슬픈 정을 직접 서술했다. 전체 시 8장은 8가지의 비, 흥 수법을 운용했다. 그 중에는 정유(正喩)도 있고 반유(反喩)도 있다.

예를 들면 흰 띠풀도 오히려 속새풀을 사로잡아 감고 있고, 원앙새조차 암수가 서로 같이 있지만, 그녀는 남편에 의해 무정하게 버림받아서 은혜와 사랑이 끊겼다. 이것들이 모두 반유다.

또 예를 들면 잘게 다듬은 뽕나무와 땔감이 작은 화덕에서 사용되고, 순결한 흰 두루미는 도리어 나무숲에서 굶주린다. 이것은 그녀의 처지와 매우 흡사하다. 이것들이 모두 정유(正喩)다.

전체 시는 비, 흥 수법과 직접적인 서정의 방식을 거쳐 결합하고 운용함으로써 순결하고 어려운 사랑에 얽혀 선량하면서도 버림받은 부녀자의 형상을 묘사했다.

## 역대 제가의 평설

《모시서 毛詩序》: "〈백화 白華〉는 주나라 사람들이 유후(幽后)를 풍자한 것이다. 유왕은 신녀(申女)를 아내로 맞은 후에 또 포사(褒姒)를 얻어 신후(申后)를 내쫓으니, 밑의 나라들도 이를 따라서 첩이 정실부인의 지위에 오르고, 서자가 종실을 대표하게 되었다. 따라서 왕이 나라를 다스릴 수가 없으므로 주나라 사람들이 이 때문에 이 시를 지었다."

주희(朱熹) 《시집전 詩集傳》: "지자(之者)는 유왕을 꾸짖는 것이다. …… '나'는 신후 자신이다. 유왕은 신녀를 아내로 맞은 후에, 또 포사를 얻어서 신후를 쫓아냈기 때문에 신후가 이 시를 지었다."

방옥윤(方玉潤) 《시경원시 詩經原始》: "이 시는 정조가 구슬프고 은은하며, 한을 기탁한 것이 그윽하고 깊어서 제삼자가 대신할 수 없다. 따라서 《집전 集傳》에서는 신후가 지었다고 여긴다. …… 이 시 작품은 〈소변 小弁〉과 더불어 천고의 지극한 글이다. 지금도 그것을 읽으면, 마치 사람으로 하여금 슬퍼서 목이 메여 저절로 그치지 않을 수 없게 하는 듯하다. 지극한 감정이 아니고서야 이와 같을 수 있겠는가!"

진자전(陳子展)《시경직해 詩經直解》: "〈백화 白華〉는 유왕이 포사를 총애하여 신후를 폐한 것을 풍자한 시다. 시는 제 1인칭을 사용하고 있으니, 마치 신후의 말투가 나오는 것 같다."

원매(袁梅)《시경역주 詩經譯注》: "한 치정어린 여자가 실연 후에 자기 마음속의 그윽한 원망, 슬픈 심정을 읊조린 것이다. 가사는 대부분 차유(借喩)의 의미로서 그 바른 뜻을 암시하고 있다. 의미심장함을 기탁하고, 다양함을 포용하며, 사랑에 원망을 붙여 이 여자의 선량하고 솔직하며, 바뀌지 않는 진심을 표현하였다. 또 저 배신한 남자의 박정하고 의리 없음을 충분히 책망하고 있다".

여관영(余冠英)《시경선역 詩經選譯》: "이것은 여인이 애인을 그리워하는 시다. 애인이 먼 곳에 가서 아침 저녁으로 생각하며 그를 원망하고, 그를 회의하며, 그를 한스럽게 여기고, 그를 욕하지만, 그를 생각하지 않을 수 없다."

김계화(金啓華)《시경전역 詩經全譯》: "여자가 그녀의 애인을 그리워하는 것이다. 애인은 먼 곳으로 가서, 그녀는 외로워 회의하고, 번뇌하고, 슬프고 마음이 쓰려서, 돌 위에 올라가 멀리 바라보다가 결국에는 병에 걸린다."

번수운(樊樹雲)《시경전역주 詩經全譯注》: "이것은 남편을 그리워하는 한 편의 시다. 남편은 아내를 버리고 먼 곳에 갔다. 아내는 원앙새가 쌍쌍이 날고 물새가 쉬고, 학이 우는 것을 보고, 더욱더 그리워하는 마음이 깊어지고 심지어는 부질없는 생각을 한다. 이 양심 없는 사람이 변심해서는 안 될 터인데, 왜 먼 곳에 가서 돌아오지 않는가? 이 때문에 고심어린 생각으로 병이 드는구나. 일설에는 버림받은 아내의 원망하는 시라고 하고 일설에는 주나라의 유왕의 신후가 쫓겨난 것에 스스로 상심한 시라고 한다."

강음향(江陰香)《시경역주 詩經譯注》: "유왕이 포사를 총애하여 신후를

내쫓자 후에 신후가 마음속으로 슬프고 원망스러워 이 시를 지어 말한
것이다."

# 八

## 이혼(離婚: 버림받은 혼인)

《시경 詩經》 시대에 이혼은 남성의 특권이었다. 출가한 여자는 남편의 부속품이었기 때문에 여성에게 대해서는 이혼을 "출(出)"이라 불리었다. 그 뜻은 "집에서 쫓겨나다"는 것이다. 남자에게 있어서 이혼은 "기(棄)"라고 불리었는데 곧 "내던져 버리는 것이다." 남성의 권위를 중심으로 하는 사회에서 여자는 혼인의 보장이 없었고 그녀들은 "좋은 사람에게 시집가는 것이 어렵다"고 비탄한 것 이외에는 어떤 방법도 없었다.

〈준대로 遵大路〉(정풍 鄭風)에서 한 아녀자는 길에서 남편의 옷자락을 단단히 잡고 남편에게 수년 동안의 부부간의 정분을 잊지 말라고, 아내의 용모가 초라해졌다고 그녀를 혐오하며 그녀를 버리지 말라고 애걸한다. 그러나 애걸이 또 무슨 소용이 있겠는가?

〈아행기야 我行其野〉(소아 小雅)에서 한 아녀자는, 남편에게 집밖으로 쫓겨났다. 그녀는 황량한 들판을 걸으며, 자기의 혼인이 처음부터 불행한 것이었다고 생각한다. 남편은 근본적으로 그녀를 사랑하지 않았고, 지금은 또 새 여자가 생겼으니 처음 결혼했던 아내를 버렸다.

〈중곡유퇴 中谷有蓷〉(왕풍 王風)에서 한 아녀자는 남편에게 버림받았다. 그녀는 여자가 좋은 한 남자에게 시집가는 것이 정말 어려운 일이고 자신은 어떤 나쁜 사람에게 시집갔다고 느꼈지만, 지금은 후회해도 이미 때가 늦었다.

# 1. 〈준대로 遵大路〉[정풍 鄭風]①

| 遵大路兮② | 준대로혜 | 한길을 따라 가며 |
| 摻執子之袪兮③ | 삼집자지거혜 | 그대의 소매 부여잡네 |
| 無我惡兮④ | 무아오혜 | 날 미워하지 마오 |
| 不寁故也⑤ | 부잠고야 | 갑자기 옛 사람을 버릴 수는 없는 법 |

| 遵大路兮 | 준대로혜 | 한길을 따라 나서 |
| 摻執子之手兮 | 삼집자지수혜 | 그대의 손목 잡네 |
| 無我魗兮⑥ | 무아추혜 | 나를 추하다 하지 마오 |
| 不寁好也⑦ | 부잠호야 | 갑자기 좋은 정을 버릴 수는 없는 법 |

시구 풀이

① 〈遵大路 준대로〉: 아내가 남편에게 예전에 좋아했던 마음을 버리지 말라고 갈구하는 시다.

鄭風(정풍): 춘추시대 정나라(지금의 하남성 중부)의 시가이다.

② 遵(준): ~을 따라서.

③ 摻執(삼집): 잡다.

袪(거): 소매.

④ 無我惡兮(무아오혜): 無惡我兮(무오아혜) 나를 혐오하지 말라.

無(무): ~하지마라.

惡(오): 혐오하다.

⑤ 不寁故也(부잠고야): 당장 수년간 살아온 처를 버릴 수 없다.

寁(잠): 즉각.

故(고): 옛 사람. 여자가 스스로 일컫는 말

⑥ 魗(추): 뜻은 醜(추: 추하다)와 같다. 또는 棄(기: 내버리다)로 해석된다.

⑦ 好(호): 옛 사랑. 정이 매우 깊었던 옛 사람을 가리킨다.

**감상과 해설**

〈준대로 遵大路〉이 시의 주인공은 매우 다정하고 충성어린 여자이다. 그녀는 남편에게 옛 정을 당장 버리지 말 것을 간청하고 있다.

전체 시는 모두 2장이다.

제 1장 처음 두 구 "한길을 따라 가며 그대의 소매 부여잡네, 준대로혜 삼집자지거혜 遵大路兮 摻執子之袪兮"는 아내가 큰 길가에서 남편의 소매를 잡고서 그를 집에서 멀리 떠나가지 못하게 하는 것을 묘사하고 있다. 남편은 왜 집을 떠나고 싶어 하는가? "날 미워하지 마오, 무아오혜 無我惡兮"가 대답이 되는데, 알고 보니 남편이 아내를 싫어했다. 이미 아내를 싫어한 이상 부부 사이는 어떤 감정도 있을 수 없다. 그러나 "갑자기 옛 사람을 버릴 수는 없는 법, 부잠고야 不寁故也"에서는 오히려 아내가 남편에게 부부간의 옛 정을 버리지 말 것을 요구하고 있다. 따라서 막 결혼했을 때에는 남편이 아내에 대해서 정이 있었으며, 또한 이러한 옛 정은 단지 일 년 반도 지속되지 못하였음을 알 수 있다. 지금에 이르러서는 비록 아내의 감정은 변하지 않았지만, 남편은 이미 딴마음을 지녀 아내를 버리고 젊고 싱싱한 여인에게로 도망갈 생각을 하고 있다.

제 2장 처음 두 구 "한길을 따라 나서 그대의 손목 잡네, 준대로혜 삼집자지수혜 遵大路兮 摻執子之手兮"는 아내가 큰 길가에서 남편의 손을 꽉 잡고 있는 것을 묘사했다. 남편이 충고를 듣지 않고 고집스레 가려하기 때문에, 아내는 필사적으로 그를 저지하며 힘들게 그를 만류한다. 남편은 왜 이렇게 도 옛 정을 그리워하지 않는가?

"나를 추하다 하지 마오, 무아추혜 無我魗兮"에서는 원인을 밝히고 있는데, 알고 보니 남편은 그녀의 추한 용모를 싫어하는 것이다. 아내가 아주 못생겼다면, 처음에 남편은 왜 그녀를 사랑했는가? 당시의 아내는 남편의 눈에는 못생기게 보이지 않았지만, 세월이 흐름에 따라 아내의 젊고 아름다운 용모도 점점 퇴색해갔음을 알 수 있다. 이때에 이르러서야, 남편은 아내가 못생긴 것을 싫어하고 있다.

마지막 한 구 "갑자기 좋은 정을 버릴 수는 없는 법, 부잠호야 不凑好也"는 바로 남편이 변심한 유력한 증거다, "호 好"는 여시인이 스스로를 일컫는 단어다. 그녀는 일찍이 남편이 총애한 아내였으니 남편의 눈에는 미인이었다. 남편의 마음이 변했기 때문에 새로움을 좋아하고 옛 것을 싫어하게 되어, 결국 못생긴 것을 이유로 삼아 쪽진 아내를 버렸다.

시에서 주인공은 매우 불행하였고, 그녀의 비극은 노예사회의 불합리한 결혼제도가 조성한 것이다. 그 당시 여자의 혼인은 어떠한 보장도 없었다. 그녀들의 용모가 퇴색하는 날이 아마도 곧 변덕스러운 남편에게 버림받는 시기일 것이다. 시에서 이 여자는 어떠한 고난을 무릅쓰고라도 그녀의 남편에게 애원했지만, 버림받는 운명을 역시 피할 수 없었다.

## 역대 제가의 평설

《모시서 毛詩序》: "〈준대로 遵大路〉는 군자를 생각하는 것이다. 장공(莊公)이 도를 잃어 군자들이 떠나니 나라 사람들이 그리워하고 사모하는 것이다."

주희(朱熹) 《시집전 詩集傳》: "음란한 부녀자가 버림받았기 때문에 떠나가면서 남편의 소매를 잡으며 그를 만류하며 말한다. '당신은 나를 미워한다고 해서 남겨두지 않으면 안됩니다. 옛 정을 급하게 끊을 수는 없습니다.' 송옥(宋玉)의 부(賦)에는 '한 길을 따라가며 그대의 소매를 잡아 당기네, 준대로혜람자거 遵大路兮攬子袪 ……'라는 구가 있는데 역시 남녀상열지사를 말한다."

유근(柳瑾)《시전통석 詩傳通釋》: "송옥(宋玉)의 〈등도자호색부 登徒子好色賦〉에서 말하길: '정(鄭), 위(胃), 진(溱), 유(洧) 사이에 한 무리의 여자들이 뽕밭으로 나갔다. 신하가 그 고운 것을 보고 이렇게 시를 지었다. 한 길을 따라가며 그대 소매를 잡아 당기면서 향기로운 꽃을 주니 참으로 미묘한 듯 하구나, 준대로혜람자거 증이방화사심묘 遵大路兮攬子袪 贈以芳華似甚妙 ……'《집전 集傳》에서 이를 원용하여 증거를 삼았는데 아마도 송옥(宋玉)의 시가와 시대적 거리가 아직 멀지 않았으므로 그 인용한 것이 마땅히 시인의 본래의 취지를 이해했을 것이다. 그 시는 남자가 여자에게 한 가사이고 이 시는 여자가 남자에게 말하는 가사다."

요제항(姚際恒)《시경통론 詩經通論》: "이것은 단지 옛 친구가 길가에서 옛 정을 말한 시이며, 서로 좋아하는 가사다. 지금은 상고할 수 없어서 억지로 그것을 사실이라고 할 수 없다."

진자전(陳子展)《시경직해 詩經直解》: "〈준대로 遵大路〉도 역시 음란한 시다. 음란한 부녀자가 누군가에 버림받았기 때문에 떠나가면서 그녀를 남게 해달라고 하는 시다. 주자(朱子)의 《변설 辨說》, 《집전 集傳》의 해석이 이와 같다. …… 도학자들의 견해에 따르면, 이것은 남녀의 사사로운 정과 관련 있는 가요일 따름이다. 그러나 주인(遒人)의 채시(采詩), 태사(太師)의 진시(陳詩), 국사(國史)의 편시(編詩), 경사(京師)의 서시(序詩)에서는 모두 이것을 임금과 신하간의 대의와 관계있는 시편으로 본다. 따라서 《서 序》에서는 '정나라 장공이 도를 잃어, 군자가 떠나가니 나라 사람들이 머물기를 생각하고 바란다'고 했다.

황중송(黃中松)《시의변증 詩疑辨證》, 요제항(姚際恒)의 《시경통론 詩經通論》은 《모서 毛序》, 《주전 朱傳》을 버려두고 친구간의 우정과 관련된 시라고 달리 해석하고 있다.

더욱 흥미를 끄는 것은 위원(魏源)의 《시서집의 詩序集義》가 또한 《모서 毛序》, 《주전 朱傳》과 조화를 이루는 듯이, 이 시를 '남녀간에 의탁한 가사로 보고 현인을 만류하기 위한 것'이라고 하였다. 그렇다면 이 시는 바로 음란한 부녀자의 가사이기도 하고 장공과 관련 있는 일이기도 하니 어찌 미묘하지 아니한가?"

원매(袁枚) 《시경역주 詩經譯注》: "이것은 다정하고 충성스런 여자가 딴 마음을 품고 있는 남편에게 충고하는 것이다."

남국손(藍菊蓀) 《시경국풍금역 詩經國風今譯》: "그녀가 버림을 받았을 때 그녀의 애인에게 옛 정을 기억하여 다시 돌아와 잘 지낼 것을 슬프게 요구하며 그리워하는 것을 서술한 서사시다. …… 본편의 주인공의 운명은 상상하기 어렵지 않다. 이는 곧 남권 사회 아래에서, 여인의 불행한 운명인 것이다."

정준영(程俊英) 《시경역주 詩經譯注》: "이것은 한 편의 버림받은 아낙의 시다. 이것은 한 쌍의 남녀가 아마도 정식 부부는 아니지만, 동거했던 기간이 꽤 길었던 것 같다. 그러나 남자가 결국은 새로움을 좋아하고 옛 것을 싫어하여 여자 쪽을 버리는 것이다."

양합명(楊合鳴) 이중화(李中華): 《시경주제변석 詩經主題辨析》"이것 은 여자가 남자에게 옛 우의를 버리지 말기를 간청하는 시다."

고형(高亨) 《시경금주 詩經今注》: "이것은 한 편의 연가이며, 남자(혹은 여자)가 여자(혹은 남자)에게 그(혹은 그녀)와 절교하지 말 것을 바라는 것이다."

원유안(袁愈荌), 당막요(唐莫堯) 《시경전역 詩經全譯》: "여자가 남자에 게 갑자기 옛 정을 버리지 말 것을 요구하는 것이다."

김계화(金啓華) 《시경전역 詩經全譯》: "애인을 잡아당기며, 정을 끊지 말라고 한다."

번수운(樊樹雲) 《시경전역주 詩經全譯注》: "이것은 애인이 상대에게 권면하는 한 편의 시다. 한 쌍의 연인이 큰길에서 손을 잡고 걸으면서, 상대방에게 새로움을 좋아하고 옛 것을 싫어하여 옛 친구를 버리지 말 것을 충고하고 있다."

강음향(江陰香) 《시경역주 詩經譯注》: "이 시는 정나라 장공이 도를 잃어 군자가 은거하려 하였다. 그래서 나라 사람들이 그를 그리워한 것이다. 일설에 이는 아내가 남자에게 버림을 받아 떠나 갈 때 그를 놓아두고 가려하지 않는 것이라고 한다."

## 2. 〈아행기야 我行其野〉【소아 小雅】①

| | | |
|---|---|---|
| 我行其野② | 아행기야 | 나는 들판을 가는데 |
| 蔽芾其樗③ | 폐패기저 | 가죽나무만이 무성하게 그늘졌구나 |
| 昏人之故④ | 혼인지고 | 혼인을 했기에 |
| 言就爾居⑤ | 언취이거 | 그대 집에 와 살건만 |
| 爾不我畜⑥ | 이불아휵 | 그대 나를 돌보지 않으니 |
| 復我邦家⑦ | 복아방가 | 내 고향 집으로 돌아가리라 |
| | | |
| 我行其野 | 아행기야 | 나는 들판을 가며 |
| 言采其蓫⑧ | 언채기축 | 소루쟁이를 뜯노라 |
| 昏姻之故 | 혼인지고 | 혼인을 했기에 |
| 言就爾宿⑨ | 언취이숙 | 그대 집에 와 묵는데 |
| 爾不我畜 | 이불아휵 | 그대 나를 돌보지 않으니 |
| 言歸思復⑩ | 언귀사복 | 돌아가리 돌아가리라 |
| | | |
| 我行其野 | 아행기야 | 나는 들판을 가며 |
| 言采其葍⑪ | 언채기복 | 순무를 캐노라 |
| 不思舊姻 | 불사구인 | 지난날 혼인의 약속은 생각지 않고 |
| 求爾新特⑫ | 구이신특 | 그대가 새 짝을 찾는 것도 |
| 成不以富⑬ | 성불이부 | 진정 부자라서가 아니라 |
| 亦祇以異⑭ | 역지이이 | 역시 오직 다른 것이라서 |

### 시구 풀이

① 〈我行其野 아행기야〉는 버림받은 아내의 시다.

　小雅(소아): 서주시대 왕기(王畿: 천자가 직접 통치하던 지역. 지금의 섬서성 서안시 주위 일대)의 시가.

② 野(야): 들판.

③ 蔽芾(폐패): 수목의 가지와 잎이 무성하다.

　樗(저): 가죽나무.

④ 昏(혼): 婚(혼)과 같다.

⑤ 言(언): 발어사.

　就(취): (시댁에)와서 (남편을)따르다.

⑥ 不我畜(불아휵): 不畜我. 나를 돌보지 않다.

　畜(휵): 머물다. 돌보다. 일설에는 좋아하다.

⑦ 邦家(방가): 고향집. 부모의 집

⑧ 蓫(축): 양제초(羊蹄草). 소루쟁이 (좋지 않은 나물이다).

⑨ 宿(숙): 묵다.

⑩ 思(사): 어조사.

　復(복): 고향집으로 돌아가다.

⑪ 葍(복): 야채. 蔓茅(경모: 옛날 향초의 일종)라고도 부른다.

⑫ 新特(신특): 새 배필.

⑬ 成(성): 정말. 확실히.

⑭ 祇(지):단지.

　異(이): 다른 마음. 변심.

## 감상과 해설

　〈아행기야 我行其野〉는 버림받은 아내의 슬픈 노래이다.

　전체 시는 3장으로 되어있다.

　제 1장 처음 두 구 "나는 들판을 가는데 가죽나무만이 무성하게 그늘졌구나, 아행기야 폐패기저 我行其野 蔽芾其樗"는 그녀가 남편에게서 버림받은 후 시집을 떠나 황량한 들판을 가다가 무성하게 자란 저나무를 보고 쓴 것이다. "저 樗"는 가죽나무인데 그것의 나뭇잎, 가지, 줄기에서는 자극적인

고약한 냄새가 나서 사람들로 하여금 구역질나게 한다. 처음 두 구는 이 추한 나무를 묘사하고 있다. 이는 자신의 버림받은 후의 견디기 어려운 처지를 과장하기 위해서인데 마치 하늘 아래에는 그녀가 걸어갈 길조차 없는 것 같다.

"혼인을 했기에 그대 집에 와 살건만, 혼인지고 언취이거 昏姻之故 言就爾 居"는 그녀 자신의 결혼에 대한 회고이다. 처음 그 당시에는 "부모님의 명령과 중매쟁이의 말"을 이행하기 위해 그녀는 시집와서 살게 되었다. 지금 고통이 가라앉은 다음, 이전의 고통을 회상해 보니 이 혼인은 시작하자 마자 불행이었음을 절감한다.

결혼 이후 "그대 나를 돌보지 않으니, 이불아휵 爾不我畜" 즉 남편은 그녀를 사랑해 주지도 않고 돌보아 주지도 않다가 지금에 와서는 끝내 그녀를 집밖으로 내쫓았다. 그래서 그녀는 "내 고향 집으로 돌아가리라, 복아방가 復我邦家", 고향집으로 갈 수밖에 없다.

제 2장 처음 한 구 역시 여전히 남편에게서 버림받아 집에서 쫓겨난 후 황량한 들판을 가는 것을 그렸다. "소루쟁이를 뜯노라, 언채기축 言采其蓫" 은 그녀가 "축 蓫"이라는 무성하게 자란 야채를 본 것을 쓴 것이다. "축 蓫"은 양제초라고도 하는데 길가나 낮은 습지에 자란다. 옛날 사람들은 나쁜 나물이라고 했다. 여기서 묘사한 황량한 들판과 나쁜 나물의 자연환경 은 쫓겨난 여자의 견디기 어려운 처지를 더 과장한 것이다.

"혼인을 했기에 그대 집에 와 묵는데, 혼인지고 언취이숙 昏姻之故 言就爾 宿"는 그녀 자신의 결혼에 대한 회고이다. 처음 그 때에 그녀는 단지 혼인의 약속을 이행하기 위해 시집에 와서 남편과 결혼했다. 여기서 언어 속의 숨은 의미는 자신의 결혼 전에 남편이 도대체 어떤 사람인지 몰랐으며 자신의 운명이 다른 사람의 손에서 조종되어 불행의 씨가 심어 졌음을 나타낸 것이다.

과연 결혼이후 "그대 나를 돌보지 않으니, 이불아휵 爾不我畜" 남편은
나를 사랑해 주지 않았을 뿐만 아니라 돌보아 주지도 않았으며 지금 모질게도
나를 쫓아버렸다.

결국 "돌아가리 돌아가리라, 언귀사복 言歸思復" 고향집으로 돌아갈 수밖
에 없다.

제 3장의 처음 두 구도 그녀가 남편에게서 버림받고서 집밖으로 쫓겨난
후 황량한 들판을 가는 모습을 묘사했다. 눈에 가득한 황량함과 좋지 않은
나무와 좋지 않은 나물은 그녀로 하여금 견딜 수 없게 한다.

"지난날 혼인의 약속은 생각지 않고 그대가 새 짝을 찾는 것도, 불사구인
구이신특 不思舊姻 求爾新特" 남편은 초혼부부의 옛 정을 생각하지 않고
새 짝을 구한다.

"진정 부자라서가 아니라 역시 오직 다른 것이라서, 성불이부 역지이이
成不爾富 亦祇以異" 남편이 새 짝을 구하는 것은 새 짝이 부자여서가 아니라
그가 딴 것을 보고 마음이 변해서 감정을 한결같이 하지 못했기 때문이다.

이것으로 보자면 버림받은 아내와 "새 짝"은 모두 부잣집의 아가씨가
아니며 결혼 전에는 이 줏대 없는 남자를 잘 알지 못 했다. 버림받은 아내가
황량한 들판을 향해 가는 것은 물론 불행한 일이며, "새 짝"도 배신자를
향해 걸어가니 그 전철을 밟지 않을 수 있겠는가? 노예사회의 혼인약속은
여자를 보호해 주지 않는데 하물며 가난한 집의 아가씨는 어떻겠는가?

남편에게서 버림받고 황량한 들판을 걸으며 부르는 아내의 슬픈 노래
소리 속에서 우리는 그녀가 결혼에서 닥친 불행을 알 수 있다.

## 역대 제가의 평설

《모시서 毛詩序》: "〈아행기야 我行其野〉는 선왕(宣王)을 풍자했다."

정현(鄭玄)《모시전전 毛詩傳箋》: "바르지 못하게 시집가고 장가드는 상황, 그리고 황폐한 정치와 문란한 풍속이 많았음을 풍자했다."

주희(朱熹)《시집전 詩集傳》: "평민들이 이국땅으로 출가해서 혼인에 의탁하려 했으나 동정을 받지 못하여 이 시를 지었다."

요제항(姚際恒)《시경통론 詩經通論》: "소씨(蘇氏)가 '외숙질간인 제후에게 왕경사(王卿士) 벼슬을 구하고자 들어갔으나 벼슬을 얻지 못한 자가 지은 것이다.'고 말했으나 억측인 듯하다. 또 왕을 '이 爾라 일컫는 것도 그럴싸하지 않다.《집전 集傳》에서 '백성들이 이국에 가서 혼인에 의존하려 했으나 동정을 받지 못하여 이 시를 지었다.'고 하였는데 이 시가 원래 그러한 유형이지만 관련성은 없다."

진자전(陳子展)《시경직해 詩經直解》: "〈아행기야 我行其野〉는《서 序》에서 말하기를 '선왕(宣王)을 풍자했다.'고 했다.《모전 毛傳》에서는 '선왕 말년에 남녀의 도가 상실되어 바깥으로 혼인을 구하고 옛 혼인을 버려 서로 원망했다.'고 한다.《정전 鄭箋》은 '부정하게 시집가고 장가드는 경우를 풍자했는데 당시에 정치가 황폐하여 방종한 풍속이 많았다.'고 했다.

이 편(篇)과 앞의 편(篇)은 모두《국풍 國風》의 가요형식의 시다. (*원래 시경 편명의 차례에서는 이 편 앞에 〈황조 黃鳥〉가 있다.) 그것이 왕조의 〈아 雅〉에 배열된 이유는 아마도 위원소(魏源所)가 말한 '모든 대부가 백성들의 괴로움을 왕에게 알렸거나, 아니면 왕기(王畿)로부터 민가를 채집하고 음악을 합하여 〈아 雅〉가 되었을 것이다. 요컨대 꼭 깊이 탐구할 필요는 없다. 이 시의 주된 의미와는 관계가 없기 때문이다."

고형(高亨)《시경금주 詩經今注》: "가난한 남자가 처가에 몸을 의탁(혹은 데릴사위로 가는 것)하고자 하였다. 그러나 그의 아내는 가난함을 싫어하고 부유함을 좋아하여 다른 사람에게 시집가고 싶어 그를 내쫓았다. 이 시는 그의 분하고 답답한 심정을 토로한 것이다."

원매(袁梅)《시경역주 詩經譯注》: "이것은 고대의 버림받은 아내의 시다. 이 노래를 부르는 여자는 새 짝을 좋아하고 예전의 아내를 싫어하는 남편에 대해서 엄격하고 심한 말로 호되게 꾸짖고 있으며 아울러 남편과 헤어지겠다는 태도를 나타내고 있다."

정준영(程俊英)《시경역주 詩經譯注》: "이것은 버림받은 아내의 시다."

원유안(袁愈安), 당막요(唐莫堯)《시경전주 詩經全注》: "여자가 멀리 이국으로 시집와서 버림받고 그 회한과 분노의 감정을 토로한 것이다."

김계화(金啓華)《시경전역 詩經全譯》: "남편이 새 짝을 좋아하고 예전의 아내를 싫어하여 아내가 그와 이별할 것을 나타내고 있다."

번수운(樊樹雲)《시경전역주 詩經全譯注》: "이것은 타향에 기거하는 사람이 원망과 분노의 감정을 토로하며 고향을 그리워한 시다. 타향에 기거하는 나그네가 보살핌을 받지 못하였기 때문에 거듭 고향으로 돌아오면서 마음속의 원망과 분노를 자술했다. 일설에는 여자가 이국에 멀리 시집와서 버림받고 그 회한과 분노를 토로한 것이라고도 한다. 정진탁(鄭振鐸)은 《중국속문학사 中國俗文學史》에서 데릴사위의 운명을 가리킨다고 여겼는데 독특한 견해를 지녔다."

강음향(江陰香)《시경역주 詩經譯注》: "타국의 인심이 야박하고 친척의 인정을 생각할 수도 없으니 고향에 돌아가는 것이 좋음을 말하고 있다."

양합명(楊合鳴), 이중화(李中華)《시경주제변석 詩經主題辨析》: "민요에서 읊조리는 바는 자신의 진실된 생활경험과 감정이다. 그 속에서 찬미된 풍자의 의미가 꼭 분명하지는 않다. 이 〈아행기야 我行其野〉를 예로 들면 내용에서 형식까지 모두 표준적인 민요다. 풍자한 것을 말해 본다면, 그것이 풍자하는 것은 혼인 중의 신의를 저버리고 딴 사람을 보고 마음이 변한 상대방이다.

'그것은 선왕을 풍자했다.'고 말한다면 끌어당기는 것이 너무 멀다. 어떤 사람은 시의 내용에서 묘사한 것은 제후의 일이거나 혹은 외생질이 외삼촌에게 의탁하여 공경이 되고자 하였다거나 혹은 형제가 의지할 곳을 잃어 왕실에 의탁하였으나 예(禮)의 의미가 쇠하고 야박해져서 고국으로 돌아가고 싶어 했다고 하는데 이는 더욱 억측한 말이다. 왜냐하면 시에서는 제후, 공경, 왕실의 그림자도 식별해 낼 수 없다. 이것들은 모두 《시서 詩序》에 억지로 갖다 붙여서 나온 왜곡된 말로써 믿을 수 없다."

# 3. 〈중곡유퇴 中谷有蓷〉[왕풍 王風]①

| 中谷有蓷② | 중곡유퇴 | 골짜기의 익모초 |
| 暵其乾矣③ | 한기건의 | 가뭄으로 시들었네 |
| 有女仳離④ | 유녀비리 | 버림받아 쫓겨난 여인 |
| 嘅其嘆矣⑤ | 개기탄의 | 슬피 탄식한다 |
| 嘅其嘆矣 | 개기탄의 | 슬피 탄식함은 |
| 遇人之艱難矣⑥ | 우인지간난의 | 만난 사람 험해서여라 |

| 中谷有蓷 | 중곡유퇴 | 골짜기의 익모초 |
| 暵其脩矣⑦ | 한기수의 | 가뭄으로 말랐구나 |
| 有女仳離 | 유녀비리 | 버림받아 쫓겨난 여인 |
| 條其嘯矣⑧ | 조기소의 | 길게 한숨짓는다 |
| 條其嘯矣 | 조기소의 | 길게 한숨지음은 |
| 遇人之不淑矣⑨ | 우인지불숙의 | 만난 사람 좋지 못해서여라 |

| 中谷有蓷 | 중곡유퇴 | 골짜기의 익모초 |
| 暵其濕矣⑩ | 한기습의 | 가뭄에 말라 비틀어졌구나 |
| 有女仳離 | 유녀비리 | 버림받아 쫓겨난 여인 |
| 啜其泣矣⑪ | 철기읍의 | 흐느껴 눈물 흘리네 |
| 啜其泣矣 | 철기읍의 | 흐느껴 눈물 흘림은 |
| 何嗟及矣⑫ | 하차급의 | 탄식해도 소용없어서여라 |

### 시구 풀이

① 〈中谷有蓷 중곡유퇴〉는 버림받은 여자의 시다.

　王風(왕풍): 동주시대 동쪽 도읍인 낙읍의 왕성기내(王城畿內: 지금의 하남 낙양시 주위 일대)의 시가.

② 中谷(중곡): 즉 谷中. 계곡 속.

蓷(퇴): 일종의 약초로 부녀자 질병을 고칠 수 있다. 익모초(益母草)라고도 함.

③ 暵(한): 마르다

④ 仳離(비리): 헤어지다. 옛날에는 특히 부녀자가 남편에게 버림받아 헤어지는 경우를 말함.

⑤ 嘅(개): 탄식하는 모양.

⑥ 人(인): 남편을 가리킴.

⑦ 脩(수): 마르다. 脩(수)는 원래 말린 고기를 말하나 여기서는 풀이 마른 것을 말함.

⑧ 條(조): 긴 모양.

嘯(소): 입을 모으고 내는 소리.(휘파람 소리)

條嘯(조소): 길게 탄식하다.

⑨ 不淑(불숙): 좋지 못하다.

⑩ 濕(습): "㬤"과 통함. 마르다.

⑪ 啜(철): 낮은 소리로 울다.

⑫ 何嗟及矣(하차급의): 嗟何及矣(차하급의)이어야 함. 슬피 탄식한들 무슨 소용이겠는가?

## 감상과 해설

〈중곡유퇴 中谷有蓷〉는 버림받은 부녀자의 비참한 운명을 묘사한 시다. 전체 시는 3장으로 되어있다.

제 1장 처음 두 구 "골짜기의 익모초 가뭄으로 시들었네, 중곡유퇴 한기건의 中谷有蓷 暵其乾矣"는 가뭄이 들어 산골짜기의 익모초가 모두 말랐다고 말하고 있다. 이 두 구는 가뭄의 상태를 묘사하고 또 이 경물로 흥을 일으켜 버림 받은 아내의 불행을 은유하고 있다.

　3, 4구 "버림받아 쫓겨난 여인 슬피 탄식한다, 유녀비리 개기탄의 有女仳離
嘅其嘆矣"는 남편에게서 버림받은 아내를 구체적으로 묘사하고 있는데,
바로 자신의 고통스러운 운명을 탄식하고 있다.

　5, 6구 "슬피 탄식함은 만난 사람 험해서여라, 개기탄의 우인지간난의
嘅其嘆矣 遇人之艱難矣"는 이 버림받은 아내가 거듭 슬퍼하며 길게 탄식하
는 것으로서 그녀는 여자로서 의지할 만한 남편에게 시집가는 것이 얼마나
어려운지를 탄식한다.

　제 2장 처음 두 구는 산 속 계곡의 익모초가 계속된 가뭄 때문에 시들었음을
묘사하고 있다. 이것으로써 이 버림받은 아내의 더욱 심해진 불행을 은유한
것이다. 3, 4구는 이 버림받은 아내가 하루종일 탄식하는 표정과 태도를
그리고 있다. 5, 6구는 그녀 자신이 나쁜 남편에게 시집간 것을 탄식하는
것이다.

　제 3장 처음 두 구는 산 속 계곡의 익모초가 오랜 기간의 가뭄으로
말라버렸음을 묘사하고 이것으로써 버림받은 아내의 생활이 이미 절망적
상태에 빠졌음을 비유한 것이다. 3, 4구에서는 그녀가 하루 종일 흐느끼는
비애를 적고 있다. 5, 6구는 우는 것이 무슨 소용이 있으며, 후회해도 이미
늦었음을 말하고 있다.

　시의 매 장 첫 구는 산 속 계곡의 익모초가 가뭄 때문에 시들어서
누렇게 되고 바짝 시들어 말라죽는다는 것으로써 버림받은 아내가 날로
곤궁해지는 처지를 은유하고 있다. 시에서 익모초의 시들어감이 한 장(章)
한 장(章) 지날수록 깊어지는 것은 버림받은 부인의 원한도 한 장(章)
한 장(章) 지날수록 깊어 감을 표현한 것이다.

　제 1장 "만난 사람 험해서여라, 우인지간난 遇人之艱難"은 좋은 남편에게
시집가기가 어려움을 감탄하고 제 2장 "만난 사람 좋지 못해서여라, 우인지불
숙 遇人之不淑"은 남편의 마음이 착하지 않음을 나무라고, 제 3장 "탄식해도

소용없어서여라, 하차급의 何嗟及矣"는 불행한 혼인에 대한 후회막급을 말하고 있다. 이 시를 읽노라면 마치 스스로 당한 불행을 탄식하고 호소하고 후회하고 눈물흘리고 통곡하면서 하소연하고 있는 한 버림받은 아내를 만난 듯하다.

### 역대 제가의 평설

《모시서 毛詩序》: "〈중곡유퇴 中谷有蓷〉는 주나라를 가엽게 여긴 시다. 부부간의 정이 날로 엷어져서 흉년에 기근을 만나니 가정이 버려진 것이다."

주희(朱熹) 《시집전 詩集傳》: "흉년에 기근이 들어 부부가 헤어지는 것이다. 부녀자가 경물을 보고 흥을 일으켜 비탄하는 말을 스스로 서술한 것이다."

송대(宋代) 사방득(謝枋得)의 설(說): "이 시의 세 장에서 경물의 시듦이 한 절(節) 한 절(節) 지날수록 급한 것은 여인의 원한도 한 절(節) 한 절(節) 지날수록 급해짐을 말한 것이다. 처음에 말한 '우인지난 遇人之難'은 고난을 불쌍히 여기는 것이고, 다음에 말한 '우인지불숙 遇人之不淑'은 극심한 재난을 당한 것을 동정한 것이고, 마지막에 말한 '하차급의 何嗟及矣'는 부부가 이미 이별하여 원한이나 탄식도 소용없다는 것이다."

요제항(姚際恒) 《시경통론 詩經通論》: "이 시는 기근을 당한 부녀자를 불쌍히 여겨 지은 시다. 그러므로 '어떤 여인'이라고 말했다. 《집전 集傳》에서 부녀자가 스스로 지었다고 했는데 절대 그렇지 않다."

방옥윤(方玉潤) 《시경원시 詩經原始》: "과부를 가엽게 여긴 시다."

진자전(陳子展)《시경직해 詩經直解》: "〈중곡유퇴 中谷有蓷〉는 흉년에 기근이 들어 부부가 이별하는 시다. 시의 의미는 분명하다. 당연히 당시의

민가를 채집한 것이다. 《시서 詩序》가 시의 의미와 일치한다. '삼가(三家)에
서도 다른 이견이 없다.' 송대 유가 이래로 아주 다른 학설은 없다.

《주전 朱傳》에서는 '부녀자가 경물을 보고 흥을 일으켜 그 비탄한 말을
스스로 서술한 것이다.'고 했다. 강병장(姜炳璋)의 《시서광의 詩序廣義》에
서 말했다 '시인이 한 여인을 보았는데 탄식하고 휘파람 불고 우는 것이
점점 깊어갔다. 어떤 여자 [有女]라고 말했으니 이는 이 여인 자신이 지은
것이 아님을 알겠다.'

자신이 지었든 타인이 지었든 간에 논쟁하지 않는 게 좋겠다. 자신이
지어서 남의 입에 가탁하는 것도 본래 가능하다. 요약컨대 꼭 부녀자가
지었다고 하면 〈곡풍 谷風〉, 〈맹편 氓篇〉과 같이 읽을 수 있다. 어리석은
내 소견으로는 노예사회에서 낮은 계층의 부녀자는 사실 노예 중의 노예로서
남편 집안의 남자 권리에 의해 팔리고 살육당하는 근심이 있지만 아마
어떤 남자도 그 불공평함을 기꺼이 표현하는 자는 없었을 것이다."

남국손(藍菊蓀) 《시경국풍금역 詩經國風今譯》: "이것은 버림받은 부녀
자가 자신의 신세를 슬퍼하여 지은 것이다. 남편은 부역에 나가고 재난은
빈번하여 죽을래야 죽지도 못하고 살래야 살지도 못한다.…… 요약해 보면
주나라를 불쌍히 여겨서 또한 빙 둘러서 말한 것이다."

고형(高亨) 《시경금주 詩經今注》: "아내가 남편에게서 버림받고 이 시를
지어 자신을 애도하였다. 혹은 어떤 사람이 이 시를 지어 그녀를 애도하였을
것이다."

장립보(蔣立甫) 《시경선주 詩經選注》: "이 시는 한 여자가 남편에게
버림받아 외롭고 고통스러우며 알릴 곳도 없음을 슬퍼하는 시다. ……
첫번째 장은 사람을 알기가 어려움을, 다음 장에서는 나쁜 사람에게 시집간
것을, 마지막 장에서는 후회해도 소용없음을 말하고 있다."

정준영(程俊英) 《시경역주 詩經譯注》: "이것은 버림받은 한 아내가 슬프

게도 알릴 곳이 없음을 묘사한 시다. 이 버림받은 아내는 흉년 중에 남편에게
버림받았다. 그녀는 천재(天災)와 인화(人禍)가 겹쳐 궁지에 빠졌지만 어떤
방법도 없어서 개탄하고 울부짖으며 통곡할 수밖에 없다. 이 시가는 동주시
대 때 하층 부녀자의 비참한 생활의 단편을 반영했다."

번수운(樊樹雲) 《시경전역주 詩經全譯注》: "이것은 버림받은 아내의
원한의 시다. 이 시는 남편에게 버림받은 한 아내가 누렇게 시들고 약해진
익모초를 보고 길게 한숨짓고 짧게 탄식하며 부질없이 자신을 애도하는
것을 묘사하고 있다. 사회가 부녀자에게 고통을 더해주는 것을 표현한
점에서 일정한 의미가 있다."

김계화(金啓華) 《시경전역 詩經全譯》: "버림받은 아내에 대한 동정이다."

원유안(袁愈荌), 당막요(唐莫堯) 《시경전역 詩經全譯》: "흉년에 기근이
들어 부부가 서로 버리는데 버려진 아내가 알릴 곳 없는 고통을 적은 것이다."

원매(袁梅) 《시경역주 詩經譯注》: "주나라 때 수구 통치계급은 미리
베푸는 일에 역행하는 짓을 하여 흉년의 기근이 들자 가족들이 뿔뿔이
헤어졌다. 부녀자 스스로 자신의 떠도는 신세를 슬퍼하여 피눈물 나는
슬픈 노래를 불렀다. 노예 주인의 잔혹한 착취와 억압 아래에서 일하는
부녀자의 고난이 가장 무거웠다."

강음향(江陰香) 《시경역주 詩經譯注》: "이 시는 흉년이 들어 백성들은
뿔뿔이 헤어지고 부부는 서로 돌보지 못하였다. 그래서 아내가 자신의
신세를 슬퍼했다."

# 九

## 희혼(喜婚: 첫날 밤의 희열)

　　신혼 첫날밤은 인생 최대의 기쁜 일이다. 신랑은 신혼 밤에 기뻐 어쩔 줄 모르며, 신부는 밀월을 보낼 때 부드러운 마음이 물과 같다.

　　〈주무 綢繆〉(당풍 唐風)에서 한 신랑은 젊고 어여쁜 신부를 보면서 놀라고 기뻐하며 스스로 묻는다 "今夕何夕?"(금석하석: 오늘밤은 어인 밤인가?) 그는 흥분이 격동하여 어떻게 해야 좋을지 몰라 하며 한번 또 한번 혼자 중얼거린다 "신부여 신부여, 내가 어떻게 당신을 대해야만 하나요?"

　　〈동방지일 東方之日〉(제풍 齊風)에서 한 신부는 신혼의 행복에 도취되어 있다. 아침 해가 일찍 대들보 위를 비추고 있는데, 그녀는 아직도 신랑 옆에 누워 있다. 저녁 해가 아직 하늘 끝에 걸려있는데도 그녀는 곧 살금살금 신랑에게 다가간다. 아침부터 저녁까지 신랑과 신부는 조금도 떨어지지 않고 마음껏 신혼의 기쁨을 누린다.

## 1. 〈주무 綢繆〉【당풍 唐風】①

| 綢繆束薪② | 주무속신 | 땔감 다발 꽁꽁 묶어 놓았는데 |
| 三星在天③ | 삼성재천 | 삼성은 하늘에 떴네 |
| 今夕何夕 | 금석하석 | 오늘밤은 어인 밤인가 |
| 見此良人④ | 견차양인 | 이 좋은 님 만났으니 |
| 子兮子兮⑤ | 자혜자혜 | 님이여 님이여 |
| 如此良人何⑥ | 여차양인하 | 이처럼 좋은 님 어이할까 |

| 綢繆束芻⑦ | 주무속추 | 건초 다발 묶어 놓았는데 |
| 三星在隅⑧ | 삼성재우 | 삼성은 방 귀퉁이에 떴네 |
| 今夕何夕 | 금석하석 | 오늘밤은 어인 밤인가 |
| 見此邂逅⑨ | 견차해후 | 이 뜻밖의 님 만났으니 |
| 子兮子兮 | 자혜자혜 | 님이여 님이여 |
| 如此邂逅何 | 여차해후하 | 이같이 뜻밖에 만난 님 어이할까 |

| 綢繆束楚⑩ | 주무속초 | 싸리 다발 묶어 놓았는데 |
| 三星在戶⑪ | 삼성재호 | 삼성은 문 위에 떴네 |
| 今夕何夕 | 금석하석 | 오늘밤은 어인 밤인가 |
| 見此粲者⑫ | 견차찬자 | 이 어여쁜 님 만났으니 |
| 子兮子兮 | 자혜자혜 | 님이여 님이여 |
| 如此粲者何 | 여차찬자하 | 이처럼 어여쁜 님 어이할까 |

### 시구 풀이

① 〈綢繆 주무〉: 신혼을 즐기는 시다.

　唐(당): 나라 이름. 주나라 성왕(成王)이 그의 동생 숙우(叔虞)를 여기에 봉했다.

② 綢繆(주무): 얽어매다. (감정 등이) 서로 얽혀 떨어지지 않다. 단단히 묶다.

　束薪(속신): 땔감용 건초.

③ 三星(삼성): 삼(三)은 허수이고 실제의 수를 지칭하지 않는다.

　　在天(재천): 별들이 나타난 황혼.

④ 良人(양인): 好人(호인)'과 같은 뜻이고, 이는 남자가 여자를 칭하
　　는 것이다.

⑤ 子兮(자혜): 시인이 감동하여 스스로 부르는 말이다.

⑥ 如 … 何(여 … 하): …이 어떠한가.

⑦ 芻(추): 말을 먹이는 초료. 여물. 꼴.

⑧ 隅(우): 삼성이 방의 구석으로 약간 기울어진 것을 가리킨다.

⑨ 邂逅(해후): 여기서는 서로 만나 사랑하는 사람을 가리킨다.

⑩ 楚(초): 회초리. 가시나무의 줄기나 가지.

⑪ 在戶(재호): 삼성이 바로 문 앞에 있는 것을 가리킨다.

⑫ 粲(찬): 선명하다. 粲者(찬자)는 아름다운 사람과 같은 뜻이다.

### 감상과 해설

〈주무 綢繆〉는 신혼의 즐거움을 반영한 시다. 신랑은 그의 신부가 말할 수 없을 정도로 아름답고, 신혼 밤이 말할 수 없을 정도로 아름답다고 느낀다. 또한 그야말로 하도 좋아서 어찌해야 좋을 바를 모른다.

전체 시는 3장으로 이루어져 있다.

제 1장은 신혼 밤을 썼다. 하객이 점차 흩어져 돌아가자 신랑은 사방을 둘러보았다. 가장 먼저 눈에 띈 것이 신방의 가운데 놓여 있는 신혼을 축하하는 건초다발이었다. 고대 예속(禮俗)에서는 건초다발을 묶어서 신혼 부부의 정이 묶어지는 것으로 비유했다. 신랑은 방 가운데 있는 건초다발을 보고 저절로 무한한 희열과 흥분을 느끼게 된다. 그는 격동된 마음의 평정을 되찾기 위해 창밖을 쳐다보니 이미 하늘에 떠 있는 별들만이 보인다. 신랑은 젊고 어여쁜 신부를 보면서 놀람과 기쁨을 참지 못하고 혼자말로 말한다.

"오늘밤이 얼마나 아름다운 밤인가?" 이어서 그는 한 걸음 나아가며 자신에게 묻는다. "신부여, 나는 이렇게도 사랑스런 사람을 어떻게 대해야 하나요?" 한마디로 말해 신랑은 신부를 아주 사랑해서 어찌해야 좋을지 모른다. 그는 오직 간결하게 묻는 말로 표현할 뿐 즐거움과 행복함을 형용하여 표현할 방법이 없다.

제 2, 3장은 비록 몇 개의 단어만 바꿔서 썼을 뿐이지만 즐거운 마음은 점차 더욱 깊어진다.

제 2장의 '삼성은 방 귀퉁이에 떳네, 삼성재우 三星在隅'는 밤하늘의 별들이 방구석 방면으로 약간 기울어진 것을 가리킨다. 제 1장의 '삼성은 하늘에 떳네, 삼성재천 三星在天과 비교하면 밤이 조금 깊어졌다.

'이 뜻밖의 님 만났으니, 견차해후 見此邂逅는 신랑이 신부를 보고 말한 것으로, 자기가 이와 같은 아내를 얻은 것을 경사스럽게 생각하고 이야말로 정말 하늘이 좋은 인연을 점지하여 주신 것으로 생각한다.

그는 다시 한 번 자신에게 말한다. "이같이 뜻밖에 만난 님 어이할까, 여차해후하 如此邂逅何" 이 말의 의미는 눈앞에 있는 '어렵게 얻은 신부를 어떻게 대해야만 하는가' 라는 것이다.

제 3장의 '삼성은 문 위에 떳네, 삼성재호 三星在戶'는 밤하늘의 별들이 서쪽으로 낮게 기울어져있는 것을 가리키는데, 별이 문 앞에 있을 때 보다 밤이 더욱 깊어졌음을 말한다.

'이 어여쁜 님 만났으니, 견차찬자 見此粲者'는 신랑이 아름다운 신부를 보면서 하는 말이다. '이처럼 어여쁜 님 어이할까, 여차찬자하 如此粲者何' 는 그가 세 번째로 하는 독백이다. "나는 어떻게 이 아름다운 신부를 대해야만 하나?" 시간이 천천히 흘러 밤이 깊어지자 신랑이 신부를 열애하는 감정은 그에 따라 더욱 더 깊어진다.

이 시는 신혼 밤에 대한 신랑의 희열을 표현했다. 비록 곱고 아름다운 문사를 쓰지는 않았지만 간결한 질문의 시구를 써서 신랑의 말할 수 없는 즐거움과 기뻐서 어찌할 바를 모르는 심정을 눈앞에 있는 것처럼 생동감 있게 표현했다. 또한 '금석하석 今夕何夕'이란 네글자를 사용하여 신혼의 행복을 함축적이면서 깊게 표현했다. 〈주무 綢繆〉는 신혼을 노래한 천고의 명작품이다.

### 역대 제가의 평설

《모시서 毛詩序》: "〈주무 綢繆〉는 진(晉)의 어지러움을 풍자한 시다. 나라가 어지러우니 혼인을 제때에 할 수 없다."

공영달 (孔穎達)《모시정의 毛詩正義》: "모씨(毛氏)는 초겨울, 늦겨울, 초봄에는 결혼할 수 없는 시기이므로 혼인의 올바른 시기를 말하여 그것을 풍자했다. 정현(鄭玄)은 중춘(仲春)의 제 때에 결혼을 하지 못하고 4, 5월에 결혼하기 때문에 때를 놓치자 직접 사실을 들어 풍자했다"

주희 (朱熹)《시서변설 詩序辨說》: "이것은 단지 혼인하는 사람이 상대를 얻어서 기뻐하는 말일 뿐 꼭 진나라의 어지러움을 풍자한 것은 아니다."

《시본의 詩本誼》: "〈주무 綢繆〉"는 기약하지 않은 만남이다."

요제항 (姚際恒)《詩經通論》: "《서 序》에서 '나라가 어지러우면 혼인을 제때하지 못한다'고 했으니 아마도 억측일 것이다. 요즘 사람이 남의 결혼을 축하하는 시[花燭詩: 화촉시]라고 간주해도 안될 것이 없을 정도다."

방옥윤 (方玉潤)《시경원시 詩經原始》: "이것은 신혼을 축하하는 시일뿐 이다. …… 오직 남녀의 첫 만남을 묘사하였는데 표정이 마치 핍진하여 저절로 뛰어난 작품이다."

문일다 (聞一多)《풍시유초 風詩類抄》: "'양인 良人'은 남자를 말하며 '자혜 子兮'는 시인이 스스로 감동하여 부르는 감탄사이다. '해후 邂逅'는 부부의 회합을 뜻하고 '찬자 粲者'는 여자를 말한다."

  진자전 (陳子展)《시경직해 詩經直解》: "〈주무 綢繆〉는 아마도 신혼부부를 희롱하며 놀리는 데 통용되는 노래일 것이다. 이는 후세 신방가(新房歌)의 시조이다. 여태까지 〈시 詩〉를 해석하는 자들은 그것이 신혼부부를 희롱하는 해학적인 시인줄 알지 못했다. …… 주자 (朱子)는《변설 辨說》에서 말했다. '이것은 오직 결혼한 자들이 상대를 얻어서 그것을 기뻐하는 가사일 뿐이지, 꼭 진나라의 어지러움을 비판한 것은 아니다.' 비록 이말이 시교(詩敎)에 가려진 해석은 아니지만, 혼인 당사자들이 상대를 얻어서 그것을 기뻐하는 일이라고 말했다. 어찌 세간에 신혼부부가 미치듯이 기뻐서 자기들끼리 서로 조롱하여 남의 조소거리를 만들고자 이같이 하는 자가 있겠는가? 잘못된 해석일 뿐이다."

  유대백 (劉大白)《백옥설시 白屋說詩》: "현재 우리가 이어받아 흥성하고 있는 혼인의 예 가운데 여전히 '시신랑 탄신랑 柴新郎 炭新娘'의 예절이 있다. 그것의 방법은 아내를 맞이할 때 남자 집에서는 붉은 천을 둘둘 감은 장작을 여자의 집에 보내고, 여자의 집에서는 붉은 천에 둘둘 말은 숯을 남자의 집에 보낸다. 이러한 '시신랑 柴新郎'의 방식은 '주무속신 綢繆束薪'과 합치된다.

  《중국시사 中國詩史》: "이것은 야합을 묘사한 시다. '주무속신 綢繆束薪'은 그 장소를 가리키고, '삼성재천 三星在天'은 그 때를 가리킨다. 이 상황에서는 마음속에 있는 사람(즉 연인을 말함)과 더불어 마음껏 회포를 풀 수 있으니 마땅히 얼마나 즐겁겠는가? ……희열의 의미가 언어의 표현 속에 넘쳐흐른다."

  여관영 (余冠英)《시경선 詩經選》: "이것은 신혼을 즐기는 시다. 시인은 그의 신부가 말할 수 없을 정도로 아름답고, 그날 밤 역시 말할 수 없을 정도로 아름답다고 생각한다. 그는 단지 견딜 수 없이 기뻐서 어찌해야 좋을지 모른다."

강음향 (江陰香) 《시경역주 詩經譯注》: "이것은 신혼을 축하한 시다"

정준영 (程俊英) 《시경역주 詩經譯注》: "이것은 신혼을 축하하는 시다. 이것은 일반적인 신혼을 축하하는 시와는 약간 달라서 해학을 띠고 농담하는 맛을 지니고 있다. 아마도 민간에서 신혼초야에 친구들이 신혼 방에 찾아가서 떠들며 노래 부르는 것이리라."

고형(高亨) 《시경금주 詩經今注》: "이 시는 서로 사랑하는 한 쌍의 남녀가 밤에 함께 만나는 장면을 묘사한 것이다."

원매(袁梅) 《시경역주 詩經譯注》: "이 시는 한 쌍의 연인이 일하는 중에 서로 사랑하며 기뻐하는 깊은 심정을 표현했다. 그들이 기쁘게 만났을 때 청년은 마음의 꽃이 활짝 펴서 끝내 기쁨이 넘치고 마음을 진정시킬 바를 알지 못했다. 진지한 표정과 진실한 말로써 자연스럽게 표현하여 털끝만큼도 억지로 꾸미지 않았다."

원유안(袁愈荌) 당막요(唐莫堯) 《시경전역 詩經全譯》: "부부간 신혼의 애정을 반영한 시다."

김계화(金啓華) 《시경전역 詩經全譯》: "신혼 첫날밤의 놀람과 기쁨을 표현했다."

번수운(樊樹雲) 《시경전역주 詩經全譯注》: "이것은 신혼 밤을 서술한 한 편의 노래이다. 신혼의 밤은 기쁨이 가득하다. 신랑은 신부의 이처럼 아름다운 용모를 보고 정신을 차릴 수 없다. 또한 그는 삼수(參宿)

삼성이 떠오를 때부터 하고[河鼓: 견우성 북쪽에 있는 별 이름] 삼성이 떨어질 때까지 밤을 지새우며 그는 마침내 오늘밤이 어떤 밤인지조차 잊어버린다."

## 2. 〈동방지일 東方之日〉[제풍 齊風]①

| | | |
|---|---|---|
| 東方之日兮② | 동방지일혜 | 동방의 해 같은 |
| 彼姝者子③ | 피주자자 | 저 아름다운 그대가 |
| 在我室兮④ | 재아실혜 | 내 방에 와 있네 |
| 在我室兮 | 재아실혜 | 내 방에 와서는 |
| 履我卽兮⑤ | 리아즉혜 | 사뿐히 걸어 내게 다가있네 |
| | | |
| 東方之月兮⑥ | 동방지월혜 | 동방의 달 같은 |
| 彼姝者子 | 피주자자 | 저 아름다운 그대가 |
| 在我闥兮⑦ | 재아달혜 | 내 문 안에 와 있네 |
| 在我闥兮 | 재아달혜 | 내 문 안에 와서는 |
| 履我發兮⑧ | 리아발혜 | 사뿐히 걸어 내게 다가서네 |

시구 풀이

① 〈東方之日 동방지일〉은 신혼부부가 같은 방에서 기쁘게 지내는 것을 그린 시다.
　齊風 (제풍): 춘추시대의 제국(지금의 산동성 태산의 이북)의 시가
② 東方之日(동방지일): 여기서는 떠오르는 해와 같은 아내의 아름다움을 비유했다.
③ 姝(주): 미녀 혹은 여자의 아음다운 용모를 가리킨다.
④ 室(실): 방안. 침실.
⑤ 履(리): 躡(섭: 밟다)과 같은 뜻이다. 살금살금 걷다. 발걸음을 가벼이 걷는 것을 가리킨다.
　卽(즉): 서로 나아감. 가까이 다가감.
⑥ 東方之月(동방지월): 여기서는 밝은 달과 같은 처녀의 아름다운 용모를 비유. 옛날 사람들은 해와 달을 여인의 얼굴에 비유하기를

좋아했다.

⑦ 闥(달): 문안. 내실.

⑧ 發(발): 걷다.

## 감상과 해설

〈동방지일 東方之日〉 이 시의 주인공은 신랑으로서 밀월의 시간을 즐겁게 지내면서 그림자가 형체를 따르듯이 그는 신부와 한 순간도 떨어질 수 없고 감정이 서로 통하고 의견이 일치한다.

전체 시는 2장으로 구성된다.

제 1장의 첫 번째 구 "동방의 해 같은, 동방지일혜 東方之日兮"는 아침노을의 아름다움을 신혼아내의 아름다운 용모에 비유하여 묘사하였다. 옛날 사람들은 아침노을에 여자의 아름다운 용모를 비유하기를 좋아했다. 후세에 조자건(曹子建)의 〈낙신부 洛神賦〉에서는 낙수의 신을 "태양에 오르는 아침노을처럼 희고 밝다, 교약태양승조하 皎若太陽升朝霞"라고 형용하였는데 이것이 바로 이 시와 일치하는 부분이다.

"동방지일혜 東方之日兮"는 또한 흥구로서 아래 구의 "저 아름다운 그대가, 피주자자 彼姝者子"를 흥기시킨다. 동방의 아침노을은 정말로 아름답고, 신혼의 아내는 아침노을과 같이 아름답다. 또한 그녀는 천상의 선녀와 같이 아름답다.

그 아래에 중복해서 쓴 두 구 "내 방에 와 있네, 재아실혜 在我室兮"의 뜻은 신혼의 아내가 우리의 신방에 있다는 것, 즉 우리 둘이 같은 방에 있다는 뜻이다. 신랑은 신부를 진귀한 보물 대하듯 하고 기뻐서 어찌할 바를 모른다.

더욱 뛰어난 부분은 제 1장의 마지막 구인 "사뿐히 걸어 내게 다가있네,

리아즉혜 履我卽兮"인데 이것은 신부의 동작을 묘사한 것이다. 비록 태양이 이미 떠올랐다 해도 그녀는 여전히 남편의 가슴에 포근히 안기어 조금도 떨어지려 하지 않는다. 시에서 신랑은 완전히 밀월의 행복에 도취되어 있다.

　제 2장의 첫 구 "동방의 달 같은, 동방지월혜 東方之月兮"는 달의 아름다움을 신부의 아름다움에 비유해서 묘사한다. "동방지월혜 東方之月兮"는 흥구로서 아래의 "저 아름다운 그대가, 피주자자 彼姝者子"를 흥기시켜서 밝은 달과 같고 천상의 선녀와 같은 신부의 아름다움을 찬미한다. 아침노을과 천상에 있는 선녀는 오직 바라볼 수만 있을 뿐 접근할 수 없다. 아침노을과 선녀와 같은 모습의 신부가 바로 자신의 방에 있는 것이다. 신랑의 희열의 마음은 상상하여 알만하다. 그러기에 그는 "내 문 안에 와 있네, 재아달혜 在我闥兮"란 시구를 연용 하였는데 그 숨은 의미는 하늘에서 떨어져 내려온 아름다운 여자야말로 하느님이 나에게 주신 좋은 인연이라는 것이다.

　마지막 한 시구 "사뿐히 걸어 내게 다가서네, 리아발혜 履我發兮"는 더욱 뛰어나다. 결혼한 아내가 사뿐사뿐 신랑에게 다가와 온순하게 신랑과 동석을 한다. 하늘 위의 맑은 달이 밝은 광휘를 뿌려 이 한 쌍의 신혼부부의 몸 위에 비추고 있음을 묘사하였다.

　이것은 멋들어진 신혼 노래이다. 제 1장의 "동방지일혜 東方之日兮"와 제 2장의 "동방지월혜 東方之月兮"는 서로 뜻이 통한다. 점차 시간이 흘러 신랑과 신부가 아침부터 저녁까지 그림자가 형체를 따르듯이 조금도 서로 떨어지지 않는 것을 묘사한다. 그들 결혼의 화목과 행복은 마치 아침노을과 저녁 달처럼 아름답다.

### 역대 제가의 평설

《모시서 毛詩序》: "〈동방지일 東方之日〉은 제나라의 쇠락한 풍속을 풍자한 것이다. 군신(君臣)간에 도를 잃고 남녀가 몰래 달아나니 예로써 교화할 수 없다."

공영달(孔穎達) 〈모시정의 毛詩正義》: "〈동방지일 東方之日〉 시를 지은 작자는 쇠락한 풍속을 풍자한 것이다. 애공(哀公) 때 군신간에 도를 잃어 남녀가 몰래 달아나는 지경에 이르게 했다. 말하자면 남녀는 예로써 결합할 때를 기다리지 않았고 군신은 모두 그 도를 잃어 예로써 교화할 수 없었다. 이것은 그 당시의 정치가 쇠락했기 때문에 그것을 풍자한 것이다. 《모시서 毛詩序》에서는 군신간의 도리와 백성들을 예로써 교화하는 일들을 설명함으로서 당시의 쇠락함을 풍자한 것이라고 여겼다. 정현(鄭玄)은 당시 군신이 예로써 백성을 교화할 수 없는 것을 지적하여 말했다, …… 아래의 네 구는 남녀의 음분(淫奔)을 예로써 교화하는 것이 불가능하다는 뜻이다."

주희(朱熹) 《시서변설 詩序辨說》: "이것은 남녀의 음분한 자들 스스로가 지은 것으로서 풍자함이 있지 않다. 더욱이 군신 간에 도를 잃었다고 말한 바가 없다."

《시집전 詩集傳》: "이것은 여자가 나의 뒤를 살금살금 따라와서 함께 나아가는 것을 말한다."

요제항(姚際恒) 《시경통론 詩經通論》: 〈소서 小序〉에서는 '쇠락함을 풍자한 것'이라 했고 공씨(孔氏)는 애공을 풍자한 것이라고 했다. 《위전 僞傳》, 《설 說》에서는 장공(庄公)을 풍자한 것이라고 했고, 하현자(何玄子)는 양공(襄公)을 풍자한 것이라고 했다. 시를 해설하는 사람들이 어찌 이와 같은 억측을 함께 들어낼 수 있단 말인가? 그러나 이것은 음분함을 풍자한

시다. 오직 일월(日月)만으로 흥(興)을 삼아 두 장의 운두(韻頭)를 삼았을
뿐이다. 고집해서 해석을 찾고자 했으니 모두 틀린 것이다."

진자전(陳子展)《시경직해 詩經直解》: "〈동방지일 東方之日〉은 확실히
귀족의 음분시(淫奔詩)다. 시의 의미가 자명하므로 달리 해석할 수 없으며
〈상중편 桑中篇〉과 내용이 비슷하다. 다른 점은 〈상중 桑中〉에서는 남자가
여자에게 도망쳐 갔고, 이 시는 여자가 남자에게 도망쳐 갔다.《주전 朱傳》에
서 '이것은 여자가 나의 자취를 따라와 함께 나아간다'고 한 것과 같을
뿐이다.

이 시의 '여자가 내 뒤를 살금살금 따른다. 리아즉혜, 리아발혜, 履我卽兮,
履我發兮'에서 바로 '卽'자는 '膝(슬: 무릎)'자의 가차자이고 '發'자는 '癶로부
터 비롯된 것이니 역시 다리(足)라는 뜻이 있다. 옛날 사람들은 땅 바닥에
앉았다. 방안에서 혹 앉기도 하고 지나가기도 하는데, 지나가는 사람이
앉은 사람의 무릎을 밟을 수 있다. 또 문과 병풍 사이를 두 사람이 함께
지나갈 때 한 사람이 다른 사람의 발을 밟을 수도 있다. 그러나 두 사람이
아주 가까이 있으면 발이나 다리를 밟는 것을 느끼지 못한다."

주자(朱子)는《변설 辨說》에서 말했다. '이것은 남녀 음분자가 스스로
지은 것이어서 풍자가 있지 않다. 군신이 도를 잃었다는 것은 더 말할
것이 없다' 이 말 가운데 첫 구는 그래도 옳지만 끝 구는 틀린 것 같다."

원매(袁梅)《시경역주 詩經譯注》: "이것은 한 남자가 지난 날 애인과
즐겁게 지냈던 장면을 회상한 노래이다. 정이 깊어지면 헤어지기 어려운
남녀 간의 사사로운 정을 표현했다."

정준영(程俊英)《시경역주 詩經譯注》: "이것은 시인이, 어느 여자가
그에게 구애하는 것을 쓴 시다. 아마도 제(齊)나라 통치자의 연애생활을
반영한 것 같다."

고형(高亨)《시경금주 詩經今注》: "이것은 남녀의 밀회를 그린 시다.

이 시의 주인공은 남자로서 그의 애인이 그의 집에 와서 머물며 자는 것을
묘사했다."

번수운(樊樹雲)《시경전역주 詩經全譯注》: "이것은 연인의 밀회시다.
한 미모의 여자가 다가와서 연인과 내실에서 서로 만난 후에 원래 왔던
길을 살펴 되돌아가는 것을 묘사했다. 일설에는 신혼부부가 형체와 그림자
처럼 잠시도 떨어지지 못하는 것을 표현했다고 한다."

강음향(江陰香)《시경역주 詩經譯注》: "이것은 풍속이 음탕하고 염치를
알지 못함을 말한 것이다."

원유안(袁愈荌), 당막요(唐莫堯)《시경전역 詩經全譯》: "신혼부부끼리
금실이 좋아서 아주 잠시도 떨어질 수 없는 것을 묘사했다."

김계화(金啓華)《시경전역 詩經全譯》: "남녀 동침의 쾌락을 묘사한 시다."

양합명(楊合鳴), 이중화(李中華)《시경주제변석 詩經主題辨析》: "이것
은 신혼부부의 동침의 즐거움을 묘사한 시다." "시는 신랑의 어조로 쓰였다.
또한 이 시는 생동하고 핍진해서 꼭 진짜와 같이 묘사를 잘 했다. 젊은
부부가 애정에 사로잡혀 그림자가 사물을 따르듯이 잠시도 떨어질 수 없는
상황을 그야말로 살아있게 지었다."

# 후기(後記)

몇 해 전 봄에 나는 몇 권의 애정 시집을 조사하다가 문득 《시경의 애정시》를 편찬하여 저술하고 싶은 욕구가 촉발되었다.

그러나 독서가 적은 탓인지 나는 이제껏 완전한 체계를 갖춘 《시경》의 애정시를 소개하거나 분석한 전문서적을 보지 못했다.

만약 나의 노력을 통해 독자로 하여금 우리 중국의 먼 옛날 시대의 연애, 혼인, 그리고 가정의 풍모를 이해하게 할 수 있다면 이 얼마나 좋을까!

생각이 여기에 미치자 나는 즉각 착수하여 흥미진진하게 자료를 수집하고 정리하였다.

대학 중문과의 교수로서 매 학년 마다 두 개의 기초과목을 담당하였기 때문에 오직 강의 여가에만 쓸 수 있었다.

나는 이미 나이가 반백을 넘고 처자식이 딸린 처지라서 일상적인 가사를 뛰어 넘어 마음을 가라앉히고 원고를 쓸 수가 없었다. 매일 강의와 가사처리 이후에 얼마나 시간이 있겠는가? 늙은 소가 망가진 수레를 끌고서 앞으로 나간다면 몇 년 몇 달이나 걸려야 완성할 수 있을 것인가?

지금 돌이켜보니 내가 일년 반 만에 초고를 쓸 수 있었던 것은 아내의 커다란 조력 때문이었다. 그녀는 일의 여가에 집안의 모든 중요 가사를 도맡아 나의 시간과 정력을 원고지로 기어오르도록 해주었다. 여기서 먼저 그녀에게 감사를 해야겠다.

작년 여름 나는 초고를 지니고 안절부절못하며 무한출판사(武漢出版社)

의 편집 동지를 찾아갔다. 그들은 원고의 목록을 본 뒤에 바로 제목 선정이 괜찮다고 칭찬하며 원고를 놓고 가면 자세히 검토해서 다시 말하겠노라고 응답했다.

반년의 시간을 기다린 뒤 출판사 동지가 회신을 했다. 회신에서 제목 선정의 논증에서 통과되었다는 것이다. 당시의 심정은 마치 오래된 신생아가 탄생하는 것과 같아서 놀랄 만큼 기뻤다. 여기서 나는 무한출판사의 지도와 편집에 특히 감사하며 처음부터 끝까지 이 원고에 마음을 써준 왕원언(王遠彦) 동지에게 감사한다.

금년 봄 나의 졸작이 출판될 때 마음이 또 한번 안절부절하였다. 《시경》은 우리 중국의 가장 오래된 시가 총집인데 거기서 수많은 애정시를 판별하기란 쉽지 않다. 설사 학자가 애정시라고 단정한 편, 장이라고 해도 대가의 견해로 보면 서로 일치하지 않을 수 있다.

나의 수준은 한계가 있어서 애정시에 대한 감별, 귀납, 주석, 번역, 평술 등에서 틀림없이 타당하지 못한 점이 많을 것이다. 독자들의 많은 비판과 질정을 간절히 기대한다.

뚜안추잉(段楚英)
1993년 3월 동영(董永) 고향에서

## 저자소개

**뚜안추잉段楚英**

전(前) 중국 호북공정대학교(湖北工程大學校) 인문대학 중어중문학과 교수

## 역자소개

**박종혁朴鍾赫**

국민대학교 문과대학 중어중문학과 교수

## 詩經의 사랑 노래 - 婚姻篇 -

초판 인쇄　2015년 7월 10일
초판 발행　2015년 7월 20일

편 저 자 | 뚜안추잉段楚英
역　　자 | 박종혁
펴 낸 이 | 하운근
펴 낸 곳 | 學古房

주　　소 | 서울시 은평구 대조동 213-5 우편번호 122-843
전　　화 | (02)353-9908　편집부(02)356-9903
팩　　스 | (02)6959-8234
홈페이지 | http://hakgobang.co.kr/
전자우편 | hakgobang@naver.com,　hakgobang@chol.com
등록번호 | 제311-1994-000001호

ISBN　　　978-89-6071-530-1　04820
　　　　　978-89-6071-528-8　(세트)

값 : 10,000원

이 도서의 국립중앙도서관 출판시도서목록(CIP)은 서지정보유통지원시스템 홈페이지
(http://seoji.nl.go.kr)와 국가자료공동목록시스템(http://www.nl.go.kr/kolisnet)에서 이용하실 수
있습니다.(CIP제어번호: CIP2015019238)